KB093522

적산가옥의 유령

PIN
장르
004

적산가옥의 유령

조예은 소설

H

차례

1

크기에 비해 나무가 빽빽한 정원이었다. 담장 밖까지 뻗어 나간 단풍나무의 잎들은 피처럼 검붉었고 지붕보다 높이 자란 모과나무에서는 달큼한 냄새가 풍겼다. 그 외에도 크고 작은 소나무와 온갖 화초들이 무성했다. 정원 중앙에 말라붙은 인공 연못과 석탑 기둥을 뒤덮은 푸른 이끼가 방치된 세월을 말해주는 듯했다. 외증조모가 돌아가시고 무려 10년이었다. 엄마가 가끔 들르긴 했지만 사람이 살지 않는 집은 허약해지는 게 당연했다. 적산가옥은 젖은 흙 속에 묻힌 관처럼 차분히 썩어가고 있었다.

외증조모는 이 집에서 50년을 넘게 살았다. 전쟁터에서 간호장교로 일하며 모은 돈으로 얻은 첫 집이라고 들었다. 이른 나이에 사고로 돌아가신 외할머니를 대신해 엄마를 자식처럼 키운 건 외증조모였고 자연스레 나 역시 외증조모를 챙기는 엄마를 따라 이 집에 드나들었다. 엄마가 시내의 아파트로 이사를 권유할 때마다 완강히 거부하던 외증조모의 표정이 눈에 선하다. 텅 빈 우물을 닮은 눈으로 매번 이렇게 말했다.

"나는 이 집에서 죽을 거다. 내가 죽은 후에도 이 집은 그대로다."

외증조모는 소원대로 이 집에서 돌아가셨다. 우박이 쏟아지고 강풍이 몰아치던 10월의 어느 새벽이었다. 간병인인 부안 이모가 별채에 기이한 자세로 쓰러진 외증조모를 발견했다. 사인은 뇌동맥류 파열로 인한 지주막하출혈. 두 번째 뇌출혈이었다. 13년 전, 첫 번째 뇌출혈로 인해 외증조모는 하반신을 움직일 수 없었다. 그날의 죽음에는 기이한 점이 한둘이 아니었지만, 가장 의문스러운 건 바로 그 점이었다. 당시 외증조모는 간병인의 도움 없이는 제대로 일어설 수조차 없어 하루의 대부분을 침상에서 보냈다. 휠체어 없이는 본채로 나서기도 힘들었다. 그런데 어떻게 폭풍우가 몰아치는 새벽, 홀로 별채에 도달할 수 있었을까? 왜 하필 차디찬 그곳에서 숨을 거두었나?

별채. 떠올려보면 그곳은 이 집을 둘러싼 음습함과 불길함의 진원지였다.

별채를 별채라고 부르는 건 외증조모뿐이었다. 엄마를 포함하여 대부분의 사람들은 그냥 창고라고 불렀다. 한때 이 도시에서 제일가는 갑부가 지었다는 본채는 일본 헤이안시대의 신덴즈쿠리 양식과 무로마치 막부시대의 쇼인즈쿠리 양식이 뒤섞여 오묘하면서도 클래식한 분위기를 자아냈는데, 그에 비해 다소 뜬금없이 우뚝 자리한 본채 옆의 건물은 2층짜리 노출 콘크리트 구조물에 불과했다. 외증조모의 기묘한 죽음을 보다 자세히 설명하기 위해서는 이 별채에 대한 설명이 우선되어야 한다. 별채의 기억은 곧 이 집 전체, 적산가옥에 대한 이야기이기도 하다.

◆◆◆

중학생 때까지 나는 일주일 중 나흘을 외증조모의 집에서 생활했다. 정교수 임용을 위해 정신없는 엄마를 귀찮게 하지 않기 위해서였다. 그러니까 이 삭아가는 적산가옥은 외증조모에서 나까지 무려 4대의 유년을 담고 있는 셈이다.

본채와 별채가, 수도관과 정원과 나무 기둥이 하나의 기관처럼 이어져 유기적으로 숨과 기억을 주고받는다. 그런 집은 자신의 벽에 깃든 모든 역사를 기억한다. 안에 살던 사람은 죽어도 집은 남는다. 오히려 죽음으로써 그 집의 일부로 영원히 귀속된다. 먼저 무너뜨리지 않는 한 집은 누군가의 삶을 담으며 존재한다.

언젠가 읽은 외증조모의 일기장에 적혀 있던 문장이다. 집이 진정 그 자체로 살아 있다면, 평생을 이곳에서 산 외증조모는 그 안에서 부지런히 기능하는 장기에 가까울 테다. 나는 갈수록 쪼그라드는 외증조모의 곁에서 그가 적은 글과 옛날이야기를 부지런히 흡수하며 자랐다. 그러다 보면, 나도 이 집의 오랜 역사를 함께 관통한 듯한 기분이 들었다.

이 적산가옥은 일본이 토지 약탈을 위한 조사사업을 끝내고 한창 산미증식계획을 펼치던 1930년대에 지어졌다. 적산가옥의 뜻은 '적이 산 집'이다. 후에 붉은담장집이라고 불리게 되는 이곳의 첫 주인은 가네모토라는 성을 가진 간사이 출신의 일본인 무역상이었다. 그는 호남지방 지주와 농민들에게 빼앗은 땅으로 곡식을 수출해 어마어마한 부를 이루었으며 어느 정도 사업이 커진 후에는 전 세계의 사치품을 들여와 값비싸게 팔며 높은 직위의 관료들과 밀접한 관계를 이어나갔다. 그는 매번 정보가 빠르고 정확했다고 한다. 그가 손을 대는 사업은 크든 작든 모두 성공했고, 발을 빼는 분야는 귀신같이 악재가 생겼다. 너무 정확해서 가네모토가 신기를 가졌다고 말하는 사람도 있었다. 그에게 조언을 구하는 풋내기 사업가들이 온갖 선물을 안고 대문 앞에 진을 쳤을 정도다.

그러니 그가 새로 지은 붉은담장집으로 이사 온 날, 온 동네 사람들이 모여 서커스를 관람하듯 이삿짐을 구경했다는 건 결코 과장이 아니라고 외증조모는 말했다.

"정말 화려했단다. 그는 허세 부리기를 좋아하는 남자였으니, 어쩌면 일부러 귀한 물건들을 꽁꽁 감싸지 않고 보이게 옮겼을 수도 있겠지. 그날 끊임없이 나르던 보물들을 보며 어린 나는 이 많은 귀중품이 다 들어갈 수나 있을지가 궁금했다. 너도 알다시피, 이 집은 크지만 그렇다고 궁궐처럼 으리으리하게 큰 건 아니잖니? 한참이 지나서야 보물들이 어디에 차곡차곡 쌓였는지 알게 되었지."

외증조모가 들려주는 집에 대한 이야기들은 대체로 기괴했고, 명백히 가짜 같았으며 그럼에도 종종 서글펐다. 그중엔 이런 이야기도 있다.

"당시 조선에 적산가옥을 짓고 산 일본인들의 집 대부분에는 별채가 있었다. 약탈한 곡식과 귀중품을 보관하기 위한 일종의 금고였어. 이 집의 별채는 그중에도 온갖 금은보화와 귀한 것들이 빼곡 쌓여 있다고 소문이 자자했지. 헛된 욕심을 품고 가네모토의 집에 하인으로 들어가려는 자들도 많았다. 부질없는 짓이었어. 이곳에서 일한다고 아무나 별채에 들어갈 수 있는 건 아니었거든. 그곳에 오갈 수 있는 건 오로지 집주인인 가네모토와 그 외아들, 그리고 일본인 주치의뿐이었다. 허락 없이 근처를 알짱대기만 해도 도둑으로 내몰리거나 자비 없이 잘렸다. 그러니 보통 사람들이 안에 무엇이 있는지 눈에 담을 턱이 없었지."

흔들의자에 눕듯이 앉아 있던 외증조모는 숨을 깊게 들이마신 후, 눈을 감으며 덧붙였다.

"하지만 난 봤다. 그 안에 뭐가 있는지, 어떤 일이 벌어지는지……. 아직 어린 너에게는 이야기해줄 수 없구나. 지금 와서 아무도 믿지 않을 이야기를 입에 담는 게 부질없이 느껴지기도 하고 말이야."

별채에 대한 이야기를 처음 들은 건 아마 초등학생 때일 것이다. 외증조모는 끝내 안에서 무엇을 보았는지 이야기해주지 않았다. 집요하게 캐묻지 않았던 건 어차피 외증조모의 말을 전부 믿지 않았기 때문이다. 흥미롭게 들었지만, 그뿐이었다. 이 집에 살인마가 숨어 산 적이 있다거나, 가을에 단풍나무 가지를 꺾으면 피가 쏟아진다거나 하는 외증조모의 이야기는 늘 실제와 환상 사이의 어딘가에 걸쳐 있었다. 어렸을 땐 진짜 믿었으나, 초등학교 고학년은 더 이상 호락호락 속는 나이가 아니었다. 게다가 외증조모가 지천명이 넘은 나이에 얻은 새로운 직업 역시 불신을 더했다.

외증조모는 소설가였다. 생전에 총 여덟 권의 소설을 출간했고 그중 몇 권은 해외로 번역 수출된 후 영상물로 만들어지기도 했다. 할머니가 쓰는 소설의 배경 대부분은 어떤 비밀을 품고 있는 듯한 스산한 저택이고, 그 안의 인물들은 거의 선악에 상관없이 비극적 죽음을 맞이했다. 죽음에 이르는 과정이 다소 끔찍하다는 이유로 엄마는 외증조모가 쓴 소설을 읽지 못하게 했다(실제로 19세 이상만 읽을 수 있다는 빨간 딱지가 붙은 채 출간된 소설도 있었다). 하지만 그 나이의 어린애들은 하지 못하게 하면 할수록 더 파고드는 법이다. 나는 중학생이 되기 전에 외증조모가 쓴 모든 책을 섭렵했고, 작품들에서 한 가지 공통점을 발견했다. 바로 늘 비밀 공간이 등장한다는 점이다. 벽 너머, 우물 밑, 숨겨진 다락방, 싱크대와 이어진 지하실 혹은 금고 아래의 벙커. 비극은 그 안에서 벌어졌다.

나는 외증조모가 직조한 악취미적인 허구의 공간에서 늘 별채를 떠올렸다. 별채를 연상시키는 직접적인 묘사 하나 없었지만 알 수 있었다. 외증조모가 하는 모든 이야기에는 분명 원형이 되는 사건이 있다는 걸. 나에게 말해주지 않은 별채의 어떤 기억을 교묘하게 가공해 무수한 괴담을 탄생시킨 것이다. 차마 그 기억이 무엇인지 파고들 용기는 나지 않았다. 외증조모가 쓰는 이야기들은 특유의 고전적인 분위기와 아름다움을 담고 있었지만, 어린 내가 감당하기엔 너무 잔혹했다. 그 안에서 행복한 인물은 아무도 없었다. 나는 이야기가 이야기로만 남기를 바랐기에 더더욱 외증조모의 별채 이야기를 믿지 않았다. 아예 회피하는 쪽을 택한 것이다. 이 고즈넉한 가옥에서 어떤 끔찍한 일도 벌어지지 않았길, 그래서 이 집을 거친 우리에게도 외증조모의 소설과 같은 비극은 벌어지지 않기를 바라며.

아무리 모른 척했다 한들, 상상력은 별개의 문제였다. 나는 별채의 존재 자체에 두려움을 느꼈다. 본채 옆에 감옥처럼 우뚝 자리한 그것. 끔찍한 운명과 비극으로 향하는 입구. 외증조모가 그 불길한 건물을 어째서 진즉 없애버리지 않은 건지 모르겠다. 딱히 제대로 된 용도조차 없는 건물이었다. 일찍이 남편을 여읜 외증조모는 워낙에 소박한 삶을 산 터라 짐이 많지 않았다. 본채만으로도 충분했다. 별채는 건물의 조화를 해치는 흉물일 뿐이었다. 나는 할 수만 있다면 없애버리고 싶었다. 실제로 외증조모에게 삭막한 시멘트 건물을 밀고 작은 온실을 짓자고 조르기도 했다. 하지만 외증조모는 늘 온화하게 웃으며 거절했다. 별채의 주인은 다른 사람이라는 아리송한 핑계를 대면서.

"그곳은 우리의 것이 아니야. 안에 누군가 살고 있는데 건물을 부술 수는 없지 않니?"

이 정도면 내가 별채에 가지는 공포심에 어느 정도의 설명이 됐으리라고 생각한다. 그곳은 나에게 늘 두려움의 공간이었다. 가장 안락해야 할 곳에 뚫린 거대한 구멍. 한번 빠져버리면 사로잡히고 마는 심연. 그 끔찍한 건물이 결국 외증조모를 잡아먹고 만 것이다.

스무 살을 맞이한 2010년 가을이었다.

늦은 태풍으로 비바람이 몰아치고, 어린아이 주먹만 한 우박이 떨어지는 새벽이었다. 단 몇 시간, 간병인이 급한 용무로 자리를 비웠을 때 일이 벌어졌다. 동이 튼 후 간병인이 발견한 집안 풍경은 처참했다. 외증조모가 이동할 때 사용하는 휠체어는 정원 한복판에 아무렇게나 넘어진 채였고 본채의 모든 창문은 활짝 열려 있었다. 거친 빗줄기와 강풍이 집 안을 엉망으로 헤집었다. 외증조모는 별채에서 발견되었다. 그것도 무척이나 기이한 모습으로.

살벌한 집 안 풍경 때문에 처음에는 외부인의 침입에 가능성을 두었다. 누군가 외증조모를 협박하거나 해하기 위해 별채로 끌고 갔다는 쪽에 가능성이 실렸다. 하지만 수사는 곧 무산되었다. 현관과 정원 곳곳에는 엄마가 비상시를 대비해 설치해둔 보안카메라가 있었고, 이틀 전의 녹화 영상까지 모조리 확인했지만 외부인이 침입한 흔적은 없었다. 무엇보다, 그날의 영상에는 도통 이해할 수 없는 장면이 찍혀 있었다.

새벽 네 시 반, 정원으로 통하는 미닫이문이 열리더니 잠옷을 입은 외증조모가 나타났다. 그는 두 발로 서 있었다. 발목이 워낙 가늘어 꼭 허공에 뜬 것처럼 보이기도 했다. 가능하지 않은 일이었다. 원래라면 정원이 보이는 1층 안쪽 방에 누워 있어야 했다. 간병인이 볼일을 마치고 돌아올 때까지 꼼짝없이, 침대에 몸을 의탁하고 있어야 했다. 영상 속 외증조모는 너무 작아 어린아이 같았다. 그는 거죽만 남은 발을 느리게, 하지만 확실히 앞을 향해 내디뎠다. 한 번도 마비 같은 건 없었다는 듯이 자연스럽다 못해 뻔뻔하게 걸었다. 그렇게 우박이 섞인 흙을 딛고 조약돌을 박아 만든 길을 지나 유유히 별채로 향했던 것이다.

나는 그 영상을 밤중에 엄마 몰래 보았다. 어른들이 외증조모와 각별했던 나를 배려한답시고 쉬쉬했지만 나는 더 이상 눈치 없는 초등학생이 아닌 스무 살이었다. 대화의 분위기만으로 예외적인 낌새를 충분히 유추할 수 있는 나이였다. 향냄새가 자욱한 장례식장에서, 어른들은 저들끼리 속삭였다. 병원에서 분명 하반신 마비라고 했잖아. 어떻게 된 일이야? 혼자서는 화장실도 가기 힘든 노인네가 무슨 연유로 그곳에 갔냐고. 귀신이 곡할 노릇이지. 영상에 찍힌 게 그분이 맞긴 해? 나 참, 알 수가 없군.

이상한 건 그뿐만이 아니었다.

엄마의 노트북을 뒤져 찾아낸 그 불가사의한 영상에는 이상한 장면이 하나 더 있다. 바로 외증조모의 뒷모습이다. 별채의 문을 향해 손을 뻗는.

내 기억으로, 별채의 문은 항상 굳게 잠겨 있었다. 오래전 이 집에 살았다는 일본인 거부처럼, 외증조모는 간병인을 포함하여 누구에게도 별채의 열쇠를 넘겨주지 않았다. 별채는 외증조모만의 성이자 아지트였다. 걸을 수 있었을 때는 간혹 혼자 문을 열고 들어가 10분이고 30분이고 머물다 나왔다. 장마가 길었던 언젠가의 여름방학을 나는 외증조모의 집에서 보냈는데, 지독한 열대야에 절로 눈이 떠진 밤, 유령처럼 홀연히 별채로 향하던 외증조모의 뒷모습을 기억한다. 외증조모가 그 안에서 무엇을 하며 시간을 보냈는지는 알 턱이 없었다.

영상을 재생하는 순간, 불쑥 뒷덜미에 소름이 일었다. 망령의 숨이 닿은 듯 서늘했다. 나는 과거의 어느 날로 돌아간 것만 같은 착각에 사로잡혔다. 영상 안의 외증조모가 별채의 문손잡이로 손을 뻗었다. 손끝이 그곳에 닿기 전이었다. 분명했다. 문틈이 저절로 스르륵 벌어졌다. 안으로 들어오라고 유혹하듯이. 영상에는 소리가 없었으나 녹슨 쇠 경첩이 내지르는 비명이 귓가를 맴돌았다. 외증조모는 열쇠를 꺼내지 않았다. 두 발로 걸어가 앞에 섰을 뿐이다. 문은 저절로 열렸다. 외증조모가 갑작스러운 심경의 변화로 간병인을 시켜 별채 문을 미리 열어둔 게 아니라면 강풍에 문이 열렸다는 어른들의 설명은 말도 안 되는 것이다.

"내가 그 문을 왜 열어두겠니? 난 그분이 돌아가시기 전까지 별채 열쇠가 어디에 있는지도 몰랐어. 그날의 일은 섬찟한 게 한두 가지가 아니야. 가장 의문인 건 자세였어."

첫 목격자이자, 오랜 시간 외증조모를 간병한 부안 이모는 말했다.

"소름 끼치는 소리를 내며 흔들리는 철문 안쪽에서, 선생님은 바닥에 한쪽 귀를 바짝 댄 기이한 자세로 엎어져 계셨다. 내 눈에, 선생님은 꼭 소리를 들으려는 것 같았어. 별채 밑, 저 밑에서 들려오는 어떤 소리를 들으려는 듯이 양손을 맨 바닥에 대고 몸을 잔뜩 웅크린 채로…… 오른쪽 귀를 바닥에 바짝 붙이고 계셨어."

그리고 덧붙여 말했다.

"후련해 보이기도, 슬퍼 보이기도 하는 얼굴이셨지."

외증조모의 장례식에는 많은 사람이 왔다. 잊고 지내던 친인척들부터 출판 관계자, 오래된 친구까지 사흘 내내 사람이 끊이지 않았다. 외증조모의 마지막 모습에 대해서는 다들 말을 아꼈다. 어찌 되었든 사인은 뇌출혈이 확실했고, 외증조모는 아흔 살에 가까운 나이였다. 엄마를 포함한 어른들은 구태여 소란을 만들고 싶지 않아 했다. 나 역시 마찬가지였다.

나는 그 영상을 접한 이후로 빠르게 외증조모와 적산가옥에 관한 걸 잊었다. 지금 와서 생각하면 주술에 걸린 듯 신속한 망각이었다. 영상을 기점으로, 오래도록 내 안에 숨죽이고 있던 별채를 향한 두려움이 살아난 걸까? 외증조모가 썼던 소설 안의 비참하고 끔찍한 죽음들, 세상에서 가장 익숙하고 편안해야 하는 공간의 한구석을 뻔뻔하게 차지한 회색빛 그림자. 이야기 속 인물들은 문 너머에서 진실을 마주한 뒤 빠르게 미쳐가며, 끝내 파멸에 다다른다. 나는 그러고 싶지 않았다. 내가 별채의 문틈을 들여다보는 순간 외증조모가 꼭꼭 숨겨둔 어둠 역시 나를 바라볼 테다. 그래서 잊기를, 기억의 지하실에 묻어버리기를 택한 것이다.

외증조모가 들려주었던 무수한 이야기들과 따뜻했던 추억 역시 함께 옅어졌다. 그 집에서의 모든 일이 잠깐 꾼 꿈 같았다. 외증조모의 사십구재로부터 한 달이 채 흐르지 않았을 때 나는 그곳에서 보낸 모든 나날이 마치 수십 년 전인 것만 같은 기분을 느꼈다.

이후로 집은 방치되었다. 몇 번 세를 내주기도 했지만 아무래도 관리가 힘든 탓인지, 다들 오래 살지 않고 나갔다. 지자체에서 문화유적지로 삼겠다고 나선 적도 있었으나 관광단지 조성사업 실패와 예산 문제로 시간만 길게 끈 후 무산되었다. 외증조모의 유언 때문에 쉽게 처분할 수도 없었다. 나는 서울에서 대학을 졸업한 후 일본으로 넘어갔고, 각고의 노력 끝에 지방 국립대 전임교수로 임명된 엄마는 나름대로 입지를 다지

느라 바빴다. 그래도 세대를 뛰어넘는 유년이 깃든 집을 흉가가 되게 할 순 없어 정기적으로 청소업체와 조경사를 써 집을 정돈한 게 전부다.

그렇게 10년이 흘렀다.

10년, 강산이 변한다는 말이 있을 정도니, 짧지는 않은 시간이었다. 그렇다고 마냥 긴 시간도 아니었다. 나는 스물네 살에 시작한 일본에서의 타지 생활을 정리하고 돌아왔다.

나는 엄마와 달리 야망이라곤 없는 학생이었다. 성적에 맞춰 개중에 관심이 있는 분야인 국어국문학을 전공했고, 성적순으로 극소수를 뽑는 교직 과정 이수에 떨어진 후 일어일문학을 복수 전공했다. 많은 언어 중 하필 일본어를 고른 건 분명 외증조모의 영향이었다. 일제강점기를 관통한 외증조모와 이야기하다 보면 자연스레 섬나라의 언어가 귀에 익었다. 나이가 들면서 외증조모는 우리말과 일본말 표현을 자주 헷갈려 했다. 나는 그 옆에서 눈치껏 알아들은 뒤 맞는 어휘를 찾아 정정해주곤 했다. 나중에는 이제 막 말을 배우는 아이를 가르치는 기분도 들었다.

외증조모가 나보다 훨씬 나이가 많았음에도.

그 경험 때문인지, 나는 말과 말을 이어주는 일이 좋았다. 언어를 배울수록 나만이 드나들 수 있는 문을 가지는 기분이었다. 서울에서 대학을 다닐 동안은 사립 어학원의 유학생들에게 한국말을 가르치는 아르바이트를 했다. 전 세계 곳곳에서 온 외국인들이 성인의 얼굴로 유치원생처럼 말을 배웠다. 그들에게 새로운 언어를 알려주는 건 꽤 즐거운 일이라, 막연히 이런 일이라면 국외에서도 해볼 수 있지 않을까 생각했다.

굳이 왜 떠났느냐고 물을 수도 있을 것이다. 그에 대한 답이라면, 떠나지 말아야 할 이유 또한 없었다는 것 정도려나. 바다를 건너는 이들 대부분이 그렇듯이, 처음엔 더 넓은 세계를 배경으로 삼고자 갔다. 그다음엔 낯선 언어로 다른 삶을 살아보고 싶었다. 다들 아니라고 말하지만 세상에는 내 의지와 상관없이 태어남과 동시에 부여되는 것들이 있다. 국적과 성별, 인종, 부모가 대표적이나 더 세밀하게는 부모의 자산과 유전적 질병, 타고난 성향 등도 그러하다. 그 항목 중에서 후천적으로 바꿀 수 있는 건 얼마 없다. 나는 내가 태어난 곳이 아닌, 내가 직접 선택한 곳에 녹아들 수 있을지 궁금했다. 동경보다는 오기였다.

어문계열 학생이라면 거의 필수적으로 다녀오는 교환학생에서 워킹홀리데이로, 그다음엔 취업 비자로 넘어갔다. 오사카에 있는 한국어 학원의 원어민 강사로 시작했는데, 원장이 고의적으로 월급을 적게 주는 일이 반복되자 크게 싸우고 그만두었다. 몇 번의 이직 후에는 제법 큰 건설사 계열의 비즈니스호텔에서 정규직으로 일하게 되었다. 삼교대인 덕에 월급은 적지 않았지만 월세와 생활비가 워낙 많이 들어 풍족하게 생활할 수는 없었다. 겸업 금지인 사규를 어기고 몰래 강사 때부터 하던 논문 번역과 게임 스토리 번역 외주 일을 함께했다. 낯선 타향에서 번듯이 적응하고 있다는 자부심을 느끼던 시절이었다. 아마 혼자 상상하던 정상성의 궤도에 올랐다고 착각했기 때문일 것이다. 조금만 더 버티면 닿을 것 같은 기분. 그게 바로 덫이자 함정이었다.

착각은 오래가지 않았다. 몇 번이나 승진 후보에 올랐지만 구색을 맞추기 위한 나열에 불과했다. 매번 납득이 가지 않는 결과가 이어졌다. 나보다 한참 늦게 입사한 데다 경력도 없었던 어린애가 상사가 되었다. 소문으로는 본사의 임원과 애인 사이라고 했다. 말도 안 된다고 생각했는데, 그런 일이 반복되자 믿게 되었다. 그리고 어렴풋이 앞으로도 내가 승진 시험에 합격할 일은 없을 거라는 걸 짐작했다. 어쨌든 난 이들에게 이방인이었다.

아무리 노력해도 일정선 안으로는 진입할 수 없다는 무력감이 밀려왔다. 공공연한 세상의 편범에 회의감을 느낄 때쯤, 전에 사귀었던 남자가 유부남이었다는 사실까지 알게 되었다. 헤어진 지 시간이 꽤 흘렀지만 타격이 없는 것은 아니었다. 나에게 그 소식을 전해준 한인 모임 회장에게 구체적인 시기를 따져 물었다. 몇 번이나 계산해봐도 그는 결혼한 상태로 나를 만나던 게 맞았다. 나는 아무것도 모른 채 가능성 없는 그와의 미래를 점쳐보았던 것이다.

내 자리라고 생각했던 모든 것들 중 진짜 내 것은 단 하나도 없었다. 그제야 10년 가까이 발 딛고 선 이곳이 한낱 허상에 불과하다는 사실이 와닿았다.

엄마에게서 전화가 걸려 온 건 다섯 번째 승진 시험에 떨어진 밤이었다. 간신히 화장실과 욕실이 분리된 집으로 이사 온 지 3개월째였는데, 결과는 합격이 아닌 홋카이도 지점으로의 발령이었다. 엄마는 다짜고짜 내 앞으로 되어 있는 적산가옥을 팔자고 이야기했다.

"사겠다는 사람이 있더라. 요즘 고택을 개조해서 카페나 펜션을 만드는 게 유행이잖니? 제시받은 가격이 나쁘지 않아. 내년 가을쯤 시공하고 싶다고 하니 시기도 딱 맞아. 그러니 잠깐 한국 들어와라. 어차피 네가 거기서 뭐 대단한 걸 하는 것도 아니잖아. 기회가 있을 때 정리하는 게 나을 것 같다. 이참에 아예 정리하고 들어오는 것도 좋고."

뭐 대단한 걸 하는 것도 아니라는 말이 비수처럼 박혔다. 반박할 수 없는 말이라 더 그랬다.

헛된 오기를 접어야 할 때였다.

결과적으로, 나는 그 주택 매도 제안을 거절했다. 신입의 실수가 내 책임이 되어 징계위원회가 열리고 얼마 지나지 않아 나는 사직서를 냈다. 엄마 말대로, 요즘 유행이라는 '고택을 개조한 카페나 펜션'을 직접 운영해볼 심산이었다. 엄마는 탐탁지 않아 했다. 사실상 엄마는 자신의 선택이 아닌 모든 걸 탐탁지 않아 했으므로 상관없었다. 그래도 나는 운이 좋은 편이었다. 돌아가서 무엇을 해야 할지 몰라 어쩔 수 없이 그곳에 남는 이들도 많았으니까.

그리하여 나는 지금, 이 적산가옥에 와 있다. 당분간 이곳에서 지낼 생각이다. 첫 번째 목적은 외증조모의 유언을 지키기 위해서다. 적지 않은 유산을 남긴 외증조모는 유언장에 이 적산가옥을 엄마가 아닌 내 앞으로 남긴다고 적었다. 적산가옥을 제외한 재산의 반은 사회에 환원하고 나머지 반은 엄마에게 물려주었다. 단, 조건이 있었다.

내가 서른 살이 되는 해, 딱 1년을 그곳에서

지낼 것.

이후에는 무너뜨리고 새 건물을 짓든, 팔아버리든 상관없다고 했다. 기묘한 유언이었다. 하지만 외증조모의 재산은 무시하기엔 결코 적은 금액이 아니었고 나 역시 새로운 삶을 시작하기 위해서는 그 낡은 집이 필요했다.

일본의 정원은 축소 지향적이다. 재해가 잦은 지리적 특성상 일본인들은 자연을 집 안의 정원에 끌어와 재현하는 방식으로 통제하고 싶어 한다고, 학부생 시절 교양 시간에 들었다. 1930년대에 지어졌다는 이 집도 그랬다. 당시 유행하던 중국식 원형 유리 창문과 한국의 온돌이 뒤섞여 묘한 매력을 내뿜는 본채와 달리 정원은 완전한 일본식이었다. 오랜 시간을 일본에서 보낸 나는 이 절제미가 더없이 익숙함과 동시에 제자리가 아닌 곳에 놓인 물건 같아 낯설었다.

정원을 한 바퀴 돌아보고서 먼지 쌓인 마루에 앉았다. 낡은 마루가 삐걱거렸다. 매일 밤 늙은 나무판자가 비명 지르는 걸 막기 위해서는 전체적으로 기름칠을 한번 해야 할 것이다. 마루뿐만

이 아니었다. 1년의 유예기간이 있으나 어쨌든 이 삭아가는 집을 그럴듯한 독채 펜션 혹은 게스트하우스로 만들려면 적지 않은 자본과 시간, 노력이 필요했다. 숙박업계에 있어 봤지만 충실한 부품으로 일하는 것과 직접 운영을 하는 건 완전히 다른 일이었다. 그래도 심란함보다 설렘이 미약하게 앞서는 건 이곳에서 나는 더 이상 혼자가 아니기 때문이다.

가을바람을 타고 낙엽 썩는 냄새가 풍겨왔다. 정원이 보이는 마루에 앉으면 고개를 길게 빼 돌아보지 않는 이상 별채가 보이지 않는다. 하지만 별채의 서늘한 기운은 이미 벌레처럼 내 어깨와 목덜미를 타고 올라왔다. 원인 모를 한기를 느끼며 목덜미를 문지르던 그때, 어디선가 소리가 들려왔다.

쿵, 쿵, 노크 소리 같은.

무시하려고 했다. 그러자 이번엔 연이어 세 번이 들렸다. 소리가 나는 방향으로 향했다. 별채였다. 이 아름다운 집의 유일한 그늘에서 들려오는 소리였다. 문은 굳게 닫혀 있었다. 나는 아무

소리도 내뱉지 못하고 굳었다.

쿵.

안에서 누군가 문손잡이를 잡고 흔드는 듯, 철로 된 문이 잘게 흔들렸다. 다시 쿵. 안쪽의 존재는 내가 여기 있다는 걸 아는 걸까? 또다시 쿵. 뒷걸음질 치던 나는 등 뒤의 무언가에 부딪혀 앞으로 넘어지고 말았다. 돌아본 곳에는 아무도, 무엇도 없었다. 돌부리에 찧은 무릎에서 피가 비쳤다. 비명이 터져 나왔다. 동시에 문이 활짝 열리고 안쪽의 커다란 그림자가 쏟아지듯이 모습을 드러냈다.

"자기야, 괜찮아?"

평균 신장을 웃도는 남자는 모과나무 그늘에 가려 얼굴이 잘 보이지 않았다. 하지만 목소리와 말투만으로 그가 누군지 알 수 있었다.

"가볍게 장난친다는 게 이렇게 놀랄 줄은 몰랐네. 미안해."

"놀랐잖아. 거긴 어떻게 들어갔어?"

"열려 있던데? 청소업체 사람들이 깜빡했나 봐."

당황한 표정의 남편이 손을 내밀었다. 나는 그 손을 잡고 일어섰다.

"생각보다 일찍 도착했네. 피곤하지 않아?"

"버스 안에서 내내 자서 괜찮아. 그보다 무릎에서 계속 피가 나네. 약 사 올 테니까 저기 앉아 있어."

남편은 큰 키를 허우적거리며 대문을 나섰다. 나는 그의 말대로 마루에 앉아 그를 기다렸다. 원체 장난기가 많은 사람이었다. 새벽 비행기라 오후에나 도착할 줄 알았는데 이르게 움직인 모양이었다.

남편과는 2년 전, 일본에서 만났다. 호텔에서 함께 일하던 한국인 직원이 몰래 소개해준 과외 학생이 바로 그였다. 연이은 승진 시험 낙방도, 투숙객들의 진상 짓과 교대 근무도, 뒤늦게 깨달은 애인의 기만도 어찌어찌 견딜 수 있었던 것은 바로 그 덕분이었다. 의지할 만한 등이 있었기 때문이었다.

아직 식을 올린 건 아니었지만 우리는 한국으로 돌아오면서 새로운 삶을 약속했고, 함께 모든 것을 차근차근해나가기로 계획했다. 그는 일본을 포함해 태국과 필리핀, 베트남 등지에서 과자와 식음료를 들여오는 사업으로 출국이 잦았는데, 체력이 예전 같지 않다며 슬슬 정착하고 싶어 했다. 나는 모은 돈이 많이 없었으므로 그가 선뜻 적산가옥 수리 비용을 대겠다 했을 때 달가웠다.

늘 그랬다. 그는 내가 필요할 때 곁에 머물러주었고, 나에게 부족한 게 있으면 신기할 만큼 정확하게 그 결핍을 채워주었다. 이제 그와 함께 1년간 이 낡은 집에 머물며 수리 업체를 찾아 견적을 뽑고 앞으로의 계획을 세울 일만 남았다. 이번에는 제대로 해낼 것이다. 실패하고 싶지 않았다. 눈을 감고 1년 후의 적산가옥을 상상했다. 완전히 밀어내고 새로 짓는 건 추구하는 바가 아니었다. 집이란 그런 식으로 사라지기엔 너무 많은 것을 간직한 장소니까. 그리고 우리의 새로운 미래를 새길 발판이므로.

최대한 있는 그대로 놔두고 보수하는 선에서 리모델링해야지. 물론 부엌과 화장실은 새로 만들다시피 해야겠지만. 클래식한 외관은 유지하고, 북유럽에서 들여온 트렌디한 빈티지 가구들을 두면 멋질 것이다. 광택 나는 화병에 화려한 붓꽃이나 백합을 꽂아 곳곳에 두어도 좋겠다. 그리고 별채. 별채는…… 역시 없애는 게 좋겠지. 그 공간은 이 고즈넉한 분위기에 차가움과 음산함을 더할 뿐이다.

오전에는 화창했던 날씨가 점점 칙칙해졌다. 맑은 물빛 하늘은 어디 가고 담배 연기를 닮은 구름이 낮게 하늘을 가렸다. 그러고 보니 오후에 비 소식을 들은 것 같다. 갑작스레 시작된 강풍에 정원의 나무들이 요란스레 흔들렸다. 뭔가 털썩하고 엎어지는 소리가 났다. 별채 앞에 세워둔 남편의 캐리어가 바람에 넘어진 듯했다. 잠시 망설이다 그 앞으로 다가갔다. 무릎의 통증을 참고서 캐리어를 일으켜 세웠다. 시선을 잠시 떨어뜨렸다가 다시 머리를 들었을 때였다. 끼익, 문틈이 벌어지는 소리가 났다. 지금은 바람이 불지 않는다. 작은 발소리가 들렸다. 나는 저항할 수 없는 어떤 힘에 이끌려 활짝 열린 별채의 안쪽을 응시했다.

칠흑 같은 어둠 속에서 퀭한 두 눈동자가 나를 바라보고 있었다.

2

가네모토 마사요시가 붉은담장집으로 이사를 온 건 내가 막 여덟 살이 된 1933년이었다. 확실하지는 않으나, 아마 그쯤이었을 것이다. 그해 3월 27일, 일본은 국제연맹을 탈퇴했고 7월 14일, 독일에서는 나치당을 제외한 모든 정당이 불법이 되었다. 그리고 9월의 어느 날, 나는 두 살 어린 여동생 손을 잡고서 인파 틈에 섞여 있었다. 축제도 잔치도 아닌 고작 이삿날임에도 온 동네 사람들이 몰렸다. 어른들이 배려해준 덕에 우리는 비교적 앞자리를 차지할 수 있었다.

어마어마할 거라던 어른들의 말대로 진귀한 물건들이 쏟아졌다. 아무것도 모르는 어린애의 눈에도 그것들이 예사롭지 않다는 게 보였다. 여동생의 몸 정도는 충분히 들어갈 수 있을 법한 청자, 진귀한 색유리로 만든 화병과 멋스러운 유화 작품, 가장자리에 용이 조각된 나무 밑동 모양 협탁과 공들인 게 분명한 구불구불한 분재들과 난초들. 보이는 게 이 정도였으니, 보이지 않는 자그마한 보물은 이루 말할 수 없이 무수했을 것이다. 그중에서도 가장 기억에 남는 건 피처럼 붉은 1인용 소파였다. 서양에서 온 게 분명한 그 고상한 분위기의 벨벳 소파는 등받이와 팔받침 부분에 반짝이는 실로 규칙적인 물결무늬가 새겨져 있었다. 얼마나 정교한지 멀리서는 피의 파도를 담은 섬세한 세필화로 보였을 것이다. 동시에 시선을 사로잡는 선명한 색으로 인해 묘한 섬뜩함을 느끼기도 했다.

나는 소파를 보며 불현듯 궁금해졌다. 저 소파가 놓인 집 안은 어떤 모습일까? 거실은, 안방과 응접실은, 부엌은 또 어떻게 생겼을까? 소파의 주인이자 이 집의 주인이기도 한 가네모토 마사요시의 얼굴을 떠올렸다. 이 도시에 그의 이름을 모르는 사람은 없었다. 본래 인구가 천을 넘지 않던 이 작은 도시가 이토록 번성하게 된 건

항구가 개항하면서부터이다. 개항의 목적은 일본이 자본을 수탈하기에 편한 통로를 만드는 것이었고, 목적이 어찌 되었든 사람들이 오가자 더 많은 사람이 모여 지금이 되었다. 그는 개항 이래 가장 성공한 무역업자 중 한 명이었다. 그리고 이 시대에 그만큼의 부를 거머쥐었다는 사실이 뜻하는 건 뻔했다. 멀리 떨어지지 않은 번화가에 가면 토지와 집을 잃고 부랑자가 되어 구걸하는 이들이 발에 채도록 많았다.

그래서인가. 나는 그토록 아름다운 소파에 가네모토 같은 남자가 앉는 모습을 상상하기 싫었다. 집주인이 가구를 사용하는 건 당연한 것인데도 어딘가 불만스러웠다. 그는 딱히 유별나게 못난 외양은 아니었으나 그렇다고 특출나게 잘난 생김도 아니었다. 늘 얇은 쇠로 된 안경을 쓰고서 화려한 넥타이를 차는, 옹졸하고 까탈스러운 인상의 남자였다. 소파에는 분명 다른 주인이 있을 것이다. 저 아름다움에 적합한 누군가가. 홀로 그런 상상의 나래를 펼치던 찰나에 부지런히 짐을 나르던 인부들이 일제히 멈췄다. 인파 뒤쪽에서 소란이 일어 몸이 앞으로 쏠렸다.

위압감을 풍기며 나타난 검은 차에서 내린 것은 가네모토와 그의 아내 히나코였다. 악명이 높은 가네모토와 달리 그 부인에 대해서는 거의 알려진 바가 없었다. 혼혈인이라는 것과 뛰어난 용모를 가졌다는 게 전부였다. 호기심에 고개를 쳐들었다. 가네모토가 먼저 대문 안으로 들어섰고, 그 뒤를 차양 넓은 모자를 쓴 부인이 따랐다. 붓꽃 무늬가 그려진 원피스 자락 너머로 네다섯 살이나 되어 보이는 어린아이가 비쳤다. 가네모토의 외아들이었다.

그때, 내가 그 어린애에게 가졌던 감정은 질투였다. 가네모토와 달리 아름다운 히나코 부인과 그 아이가 붉은 소파에 나란히 걸터앉아 있는 모습이 너무 조화롭게 상상되었기 때문이다. 아니, 단순히 잘 어울리는 것을 넘어서 마치 그 붉은 소파가 그들을 위해 만들어진 것만 같았다. 남의 것을 수탈해서 얻은 부이면서, 저토록 잘 어울리는 것 또한 기만이지 않나.

하지만 당시에는 그 복잡한 감정이 어떤 흐름

으로 발생했는지 쉽사리 설명하지 못했다. 하여 부러움과 동시에 화가 치미는 단순한 감상으로 귀결되었었다. 어딘가 경직된 모자의 표정이 또 한 번 내 시선을 끌었다. 세 사람 사이에 흐르던 기묘한 분위기. 그건 위화감이었다. 부부에게서는 뭐랄까, 보통의 가족이 가지는 막역하거나 다정한 분위기가 조금도 느껴지지 않았다. 곧 먼저 와 있던 식솔들이 그들을 안으로 안내했고, 우람한 몸집의 인부가 집 앞 인파를 정리하면서 그날의 구경거리는 끝이 났다.

이후로도 나는 가슴에 정체 모를 작은 울렁거림을 품고서 붉은 소파를 종종 떠올렸다. 아마도 내가 평생 앉아볼 수도, 가져볼 수도 없을 부드럽고 아름다운 가구를. 거저 준다 하더라도 산자락에 위치한 낡은 방에는 전혀 어울리지 않을 사치품을. 우아하게 그곳에 앉아 곱게 자른 단감을 오물거릴 입들을. 그러다 어느 순간 잊었다. 돌이켜보더라도 1930년대는 최악이라고밖에는 설명할 수 없는 시기였다. 먼 나라의 경제적 위기와 당장 코앞의 전쟁. 배곯는 이웃들과 끌려가는 친우들. 폭력과 고문, 차별과 학대, 빈곤. 피의 파도는 고급스러운 소파의 등받이 무늬로서가 아니라 실제로 존재했다. 나는 그 무시무시한 물살에 휩쓸리지 않게 버티고 있는 것만으로도 벅찼다. 이웃과 가족들이 조용히 죽었다. 죽음과 이별이 너무나 태연하게 벌어지는 시기였다. 나는 그런 세상이 조금이나마 나아질 거라는 상상조차 하지 못했다. 너무 두려워 어디론가 숨고 싶을 때도 있었지만, 어린 여동생과 남은 가족을 떠올리며 참았다.

그런 폭풍 속에서 한 가지 다행이었던 건, 한때 신여성을 꿈꿨던 어머니가 징용된 아버지를 대신해 악착같이 돈을 벌어 내 교육을 뒷바라지한 것이다. 1942년, 간호사 자격의 최저 연령이 18세에서 17세로 내려왔다. 당시 나는 딱 17세였고, 고등여학교에 다니고 있었다. 연이은 전쟁에 간호 인력이 부족해지자 정규교육 없이도 여학교에서 실습 과정을 이수하면 간호부 취득 자격을 가질 수 있도록 법이 개편되었다. 원래부터 간호사를 꿈꾸던 나로서는 갑작스럽긴 했지만 나쁠 것 없는 소식이었다. 어머니의 벌이만으로 가족 모두를 책임지기엔 한계에 도달해 있었다. 돈을 벌거나 시집을 가 입을 줄여야 했다. 제대로 배운 것도 없이 곧바로 실무에 투입되었다. 그런 식으로라도 푼돈을 벌 수 있으니 다행이었다. 물론 이건 운이 따라주었던 나의 경우다. 여학교 친구들 중 태반은 배를 타고 떠나 돌아오지 못했다. 이곳에 남은 이들의 처지도 크게 다르지 않았다.

시내 병원에서 수습을 마치고 쫓기듯 일을 시작하게 된 곳은 호스피스 병동이었다. 환자를 치료하는 게 아니라 보내주는 곳이었다. 실습 과정을 이수했다지만 실무는 달랐다. 처치법이 손에 익기까지는 한참이 걸렸고 매일 죽음과 고통의 순간을 눈에 담아야 했다. 나는 하루하루 절망의 기운에 압도되었다. 일과의 반은 죽은 자의 침상을 정리하는 것이었는데, 시트를 빨아 다시 끼우기가 무섭게 새로운 병자가 들어왔다. 내가 죽어가는 이들을 위해 해줄 수 있는 게 아무것도 없다는 사실이, 그 누구도 고통받는 가여운 이들을 구원할 수 없으며 세상에는 너무 많은 외롭고 허무한 죽음이 있다는 사실이 끔찍했다. 일을 시작한 지 얼마 되지 않았을 때는 구토가 예사였고 종종 혼절도 했다. 하지만 세상사 모든 일이 그렇듯, 점점 무뎌졌다. 가장 두려운 건 내가 그 무력감과 죽음에 적응해가고 있다는 사실이었다. 어느 시점부터 나는 피와 오물이 묻은 시트를 빨며 피곤하다는 생각밖에는 하지 못했다.

그 안에서 10년 같은 1년을 막 넘겼을 때, 알코올 향이 깃든 병원 냄새와 중상자들의 끔찍한 상처, 밤이면 앓는 신음이 그나마 견딜 만해지자 뜻밖의 제안이 들어왔다. 병원 밖에서 입주 간호를 해보지 않겠느냐는 내용이었다. 본래 담당하던 다른 간호사가 있었는데, 지병에 걸려 더 이상 일하지 못하게 되었다는 것이다. 난생처음 들어가 본 원장실이었다. 머리가 벗겨진 일본인 병원장과 1년이 넘도록 내 이름을 외우지 못하는 수간호사가 면접관처럼 서서 다그치듯 말했다. 나는 다분히 위압적인 분위기가 불편했지만 그 제안에는 끌리지 않을 수 없었다.

"가흥동에 있는 내 친구의 집입니다. 담당 주치의의 보조를 보고 24시간 대기하며 환자를 간호하는 게 주된 업무입니다. 할 일은 여기보다 적을 거라고 확신해요. 고되기도 덜하고 임금도 후할 겁니다. 전에 일했던 직원은 그곳에서 일하게 된 게 행운이라고 이야기했었죠. 제가 봤을 때도 결코 나쁜 조건이 아닙니다."

거절할 이유가 없었다. 어디든 이 지리멸렬한 공간보다야 나을 터였다. 동시에 불안했다. 왜 나인가? 갑작스러운 행운은 경계해 마땅했다. 나는 많은 간호사 중에서 하필 나를 고른 이유를 물었다. 너무 떨린 나머지 적절한 일본어가 떠오르지 않아 단어를 두 번이나 틀렸다. 병원장은 아니꼬워하는 얼굴이었다. 사실 별 고민 없이 수십 명의 직원 목록에서 그날따라 끌리는 이름을 선택했을 가능성이 컸다. 그렇다면 더더욱 확인해야 했다. 한낱 운에 내 미래와 안위를 맡길 수는 없으니까. 잠시 뒤, 수간호사가 입을 열었다. 마거릿이라는 이름의 영국 여자였다.

"당신이 이곳에 가장 적응을 잘하는 것 같았

습니다."

마거릿이 어설픈 일본어로 답했다. 알아듣는데 시간이 걸렸고, 온전히 이해한 후에는 의문이 더해졌다.

"제가 적응을 잘하는 것 같았다고요?"

"네, 늘 이렇게 무표정하잖아요. 그러다 간혹 짜증난다는 듯 입술을 씹곤 하죠. 그곳에서는 더 조심하는 게 좋습니다. 환자분이 아주 예민하다고 들었습니다. 자주 아픈 이들과 신경증은 떼려야 뗄 수 없는 것이니까요. 당신이 잘하는 그것. 아무런 감흥을 느끼지 않는 듯 숨기는 것. 그거면 됩니다."

원장실을 나와도 찝찝함은 가시지 않았다. 그러면서도 한편으로는 묘하게 들떴다. 불쑥 내일은 시트를 갈기 싫다는 생각이 들었다. 다른 가능성이 생기고서야 인지한 것이다. 나는 내 손길로 인해 조금이나마 나아지는 것을 보고 싶었다.

어쩌면 내가 오만했는지도 모른다. 배운 것이라곤 얄팍한 응급처치법밖에 없는 주제에 퍽이나 거창한 걸 꿈꿨을지도. 당장에 배곯거나 생명을 위협받지 않고 일할 수 있다는 게 얼마나 큰 행운인지 또한 경시했다. 하지만 그것은 시대에 휩쓸리지 않으려는 의지를 가진 청년이라면 누구나 품었을 마땅한 기운이기도 했다. 성숙하지 않다고 해도 상관없었다. 죽음보다는 삶에 가까운 이들의 옆에 있고 싶었다. 생명이 사그라지는 순간에 무뎌지기 싫었다. 그러니, 나름대로 버틸 만한 생활을 팽개치고서 굳이 낯설고 수상한 일을 받아들인 건 나로서는 당연한 흐름이었다는 말이다.

다음 날 재차 의사를 물어온 마거릿에게 나는 하루의 시간을 더 달라고 했고, 하루보다 조금 더 오래 고민한 끝에 하겠다고 답했다. 마거릿은 인자한 얼굴로 내 어깨를 두드리며 탁월한 선택이라고 격려했다.

“저도 종종 차를 마시러 간 적이 있는데, 아주 아름다운 곳이더군요. 직장으로 삼기엔 과분할 정도죠. 영국에 돌아가야 하지 않았다면 제가 그 자리에 지원했을 겁니다.”

다시 의문이 피어올랐다. 나는 일한 지 고작 1년

을 넘긴 초짜 중의 초짜 간호사에 불과했다. 아무리 전쟁 때문에 인력이 부족하다지만 개인 주치의와 입주 간호사를 둘 정도의 여유를 갖춘 사람이라면 좀 더 베테랑 간호사를 고용하는 게 상식적이지 않나 싶었다. 하지만 그런 의견을 피력해볼 틈도 없이 구체적인 일정과 머물게 될 가흥동 주택의 주소가 떨어졌다.

나는 주소를 확인하고서 두 눈을 의심했다.

그곳은 가네모토의 붉은담장집이었다. 핏빛 물결이 치는 붉은 소파와 히나코 부인의 옆모습, 너무 화려한 나머지 이외의 것들을 자질구레하게 만들어버리는 보물들, 부인의 손을 쥔 우중충한 외아들이 차례대로 스쳐 지나갔다. 잊어버린 줄 알았던 기억은 내 안에 여전히 살아 있었으며, 자기들이 필요한 순간이 오자 힘껏 존재감을 뽐냈다. 나는 10년 전 어린애로 돌아간 기분에 빠졌고, 불과 몇 초 전과는 다른 기묘한 설렘에 휩싸였다.

아름다울 것이 분명한 그 집에서 나도 머물게 된다니. 누구를 간호하게 될까? 역시 그 병약해

보이던 히나코 부인이려나? 이제는 핏기가 없어 푸르스름하던 입술마저 아름다웠다는 인상밖에 남아 있지 않았다. 뭐, 어차피 가보면 알게 될 것이다. 운명이라고 착각하고 싶은 우연에 밀려, 나는 좀 전까지 한껏 가시를 세운 의문점을 완전히 잊어버리고 말았다.

일은 기다렸다는 듯 빠르게 진행되었다. 관사에서 짐을 빼고, 새 짐을 쌌다. 어째선지 병원장은 모두가 일하고 있을 때 몰래 짐을 싸는 걸 추천했다. 아무래도 함께 일하는 동료의 빈자리가 생기면 싱숭생숭해지기 마련이니까, 하고 얼버무렸지만 쉽게 납득되지는 않았다. 하나 딱히 캐묻고 싶은 생각은 들지 않았다. 어쩌면 그때부터 집에 홀렸는지도 모른다. 나는 동료 직원들 모르게 도망치듯이 관사를 나왔고, 이틀 정도 본가에 머물렀다. 가족들에게는 더 좋은 직장으로 옮기게 되었다고 속였다.

그리고 입동이 코앞으로 다가온 어느 날, 10년 만에 붉은담장집의 내부에 발을 들이게 되었다. 그리고 그곳에서 이후 수십 년을, 수 세대를 거슬러 존재할 망령을 조우한다. 가네모토 유타카. 가엽고 끔찍한 망령의 이름이다.

◆◆◆

1943년 가을, 조선총독부가 20세 이상의 대학 재학생과 졸업생들을 대상으로 학도지원병제를 시행했다. 이름만 지원병이지, 강제에 가까웠으며 이행하지 않을 시에는 불이익이 뒤따랐다. 4,500여 명의 어린 학생들이 전쟁터로 끌려갔다. 큰오빠도 그중 한 사람이었다. 장제스가 중국 국민당 정부 주석으로 정식 취임했고, 카이로에서는 회담이 열렸다.

나는 붉은 담장 앞에 서서 단풍나무를 올려다보고 있었다. 정확히 10년 만이었다. 벨을 누르고 10분이 지나서야 안쪽에서 문이 열렸다. 마중 나온 건 일본의 노멘能面을 닮은 희뜩하고 넓적한 얼굴의 중년 여자였다.

"박준영 씨?"

고개를 끄덕이자 여자가 안쪽으로 들어오라

며 손짓했다. 붉은담장집의 문턱을 넘는 순간, 땅에서 솟아 나온 차가운 손이 발목을 잡는 듯한 착각이 일었지만 멈칫할 여유는 없었다. 자신을 집사라고 소개한 여자는 쫓기는 사람처럼 빠르게 집 안 이곳저곳을 돌며 지켜야 할 규칙 몇 가지를 알렸다. 속사포로 흘러나오는 말을 붙잡느라 고생을 좀 했다. 본래가 말이 빠르고 목소리가 작은 사람 같았다. 다행히 하녀가 아닌 입주 간호사 신분으로 온 것이라 크게 까다로운 부분은 없었다.

"주인 나리가 당신 이름을 직접 부를 일이야 별로 없겠지만 그래도 혹시 묻는다면 일본식 이름으로 답하세요. 업무적으로 자세한 건 주치의인 마사토 상에게 따로 배울 겁니다. 교토대 의과대학 출신으로 무척 똑똑하신 분입니다. 성격은 무던한 편이고 말수도 없으셔서 대하는 게 어렵지는 않을 겁니다. 아직 신참인 그쪽에게도 많은 도움이 될 거예요. 그럼 당신 숙소를 안내하죠."

내부는 고요했다. 길고 좁은 복도를 걸을 때마

다 나무 삐걱거리는 소리가 났고, 다다미 특유의 고릿한 냄새가 향냄새와 섞여 기묘한 분위기를 만들어냈다. 반쯤 열린 미닫이문 너머로 스친 1층 접객실은 예상했던 만큼 화려했다. 전 세계 곳곳에서 사 모은 듯한 화려한 도자기에, 동양화에서나 나올 법한 분재들이 굽이쳤으며, 정중앙에 놓인 대리석 원탁 위로는 서양에서 유행한다는 둥그스름한 스타일의 전등이 은은히 반짝였다. 원탁 한가운데에는 독이라도 머금은 듯 선명한 보랏빛 붓꽃이 꽂혔고, 구석에 놓인 흔들의자는 누워서 잘 수도 있을 만큼 편안해 보였다. 하나 그 안에서 나는 한 가지 결점을 발견했다. 소파가 없었던 것이다. 어린 시절의 기억을 대표하는 1인용 붉은 벨벳 소파 말이다. 물론 내가 본 건 극히 일부의 풍경이었으므로 닫힌 방 중 하나에 놓였을 수도 있겠지만, 또한 집주인에게는 워낙 진귀한 물품이 많으니 어느 날 갑자기 질려버렸을 가능성도 있지만…… 꼭 기대에 어긋나는 선물을 받은 것처럼 서운한 기분을 피할 수가 없었다. 그러는 사이 계단 앞에 선 집사가 늦장 부리지 말라며 역정을 냈다. 나는 부지런히 집사의 뒤꽁무니를 쫓았다.

1층을 빠르게 둘러본 후에는 2층으로 향했다. 내가 간호해야 할 환자의 방이 2층에 있었으므로 묵을 방 역시 그와 가까울 터였다. 가파른 층계를 오를수록 화사한 1층과는 확연히 다른 퀴퀴한 공기가 닿았다.

"2층은 도련님 혼자서 쓰는 공간입니다. 그분은 몸이 원체 허약해 밖으로 잘 나가질 않으시죠. 하루의 대부분을 이곳과 정원을 거닐며 보내곤 한답니다. 그러니 이제 무슨 일을 해야 할지는 감이 좀 오시나요? 당신의 일은 허약한 그분의 신체를 잘 보살피고 종종 그분의 말동무가 되어드리는 겁니다."

"그뿐인가요?"

"말로는 간단한 듯하지만 절대 쉽지만은 않다는 걸 곧 알게 될 겁니다. 도련님은 주의가 산만하고 성격이 포악해 몸에 상처를 자주 만들거든요. 그럴 때 주치의가 오기 전까지 응급처치를 하는 것이 당신의 가장 중요한 업무입니다."

2층의 복도에 막 발을 디뎠을 때였다. 분명 1층과 다름없이 해가 들고 있음에도 눈앞의 길은 어딘가 불길하고 음습한 분위기를 풍겼다. 아니, 분위기가 아닌 실제였다. 쉽게 설명하기 힘든, 난생처음 접해보는 종류의 시큼하고 고릿하며 은은하게 비린 악취가 배어 있었던 것이다. 집사는 이 불쾌한 냄새를 전혀 맡지 못하는 사람처럼 태연했다. 나는 그 태연함에 짓눌려 코를 틀어막고 싶은 충동을 가까스로 참아냈다.

2층에 있는 미닫이문은 두 개였다. 그중 계단과 멀리 떨어진 문이 빼꼼히 열려 있었는데, 악취는 바로 그곳에서 풍겨 나오는 듯했다. 뭔가를 상상하기에 1층의 반밖에 되지 않는 복도는 너무 짧았다. 나는 집사를 따라 2층의 주인이 있는 방문 앞에 섰다. 발이 축축해진 건 바로 그때였다. 집사는 거침없는 태도로 문을 열어도 되겠느냐고 물었다. 화가 난 것처럼 강압적인 말투였다. 안쪽에서는 아무 소리도 들려오지 않았고, 나는 축축하다 못해 척척해진 발을 쳐다보았다. 문틈에서 물이 흘러나오고 있었다. 둥그런 물웅덩이에 내 의아한 표정이 비쳤다.

어떤 허락의 소리가 없었는데도, 집사는 짜증스럽게 방문을 열어젖혔다. 고용인이 주인집 도련님을 대한다기엔 무례한 행동이었다. 동시에 좀 전까지와는 비교가 되지 않을 정도의 냄새가 덮쳤다. 반사적으로 코를 틀어막았다. 물웅덩이는 점점 더 커졌고, 뒷걸음질 치자 내 물발자국이 남았다. 고개를 들어 정면의 방 풍경을 눈에 담았다. 가장 먼저 눈에 들어온 건 사신처럼 버티고 선 해골이다. 실습 때나 보았던 실물 크기의 전신 해골 모형이 번듯이 방 한구석을 차지하고 있었다. 그뿐이 아니었다. 해골 이외에 크고 작은 동물의 박제들이 사냥꾼의 방처럼 빼곡했고, 활짝 열린 벽장 안에는 옷이나 이불 대신 투명한 유리병들이 가득했다. 푸르스름한 용액 안에는 작은 벌레를 비롯하여 특이한 물고기나 양서류, 도마뱀 같은 파충류들이 내장을 활짝 드러낸 모습으로 담겨 있었다. 강한 구역감이 밀려왔다. 호스피스 병동에서 일하며 더한 걸 많이 보았지만, 뭐랄까, 그 방 자체가 역한 집념의 집

합체 같았다. 그게 끝은 아니었다. 앞선 모든 것들을 뛰어넘을 정도의 괴기한 것은 바로 책상 위에 있었다. 내 발을 적신 물의 정체. 또한 2층을 맴도는 악취에 깃든 비린내의 원인.

내 종아리만 한 잉어 한 마리가 머리와 몸통이 분리된 채 책상 위에 꾸불꾸불한 내장을 훤히 드러내고 있었다.

나는 소스라치게 놀라 짧게 비명을 질렀고, 그에 집사가 조용히 하라며 한껏 눈을 흘겼다. 그 끔찍한 공간에 사람은 없었다. 좀 전까지 누군가 앉아 있었던 것처럼, 책상 앞의 방석이 흐트러져 있을 뿐이었다. 나는 두 눈으로 보고도 쉽게 믿기 힘든 기이한 광경을 다시 제대로 담았다. 정원의 연못에서 건져 온 듯, 바닥에는 그물망 같은 게 아무렇게나 떨어져 그곳에서 흘러나온 물이 내 발을 적신 거였다. 비단 무늬 잉어 옆에는 도축업자들이나 쓸 법한 살벌한 직사각형 모양의 칼이 놓인 채로, 고급스러운 책상과 완벽한 부조화를 이루었다. 엎어진 필기구통이나 젖어서 흐물흐물해진 책, 사방의 물 자국을 보아하니

'쇼와 삼색'이라고 불리는 이 비싼 잉어가 마지막 순간까지 얼마나 몸부림을 쳤을지 한눈에 알 것 같았다.

"광증이 도지셨나."

집사가 작게 중얼거렸다. 그 반응은 너무 태연해서 꼭 집 안의 화병을 깬 정도의 말썽을 대하는 듯했다. 그러고는 덤덤히 맨손으로 잘린 잉어 머리를 쥐더니 나에게 바닥의 그물 좀 들어달라고 청했다. 도망갈 수도 없는 일이었으므로 나는 그 기분 나쁘고 비린 물건을 주워들었고, 집사는 잉어의 머리를 그물 안으로 던져 넣었다. 손잡이를 쥔 손에 절로 힘이 들어갔다. 죽은 잉어를 같이 치우자고 하지 않은 게 천만다행이었다. 집사는 빠르고 신속하게 배를 활짝 연 잉어와 그 안에서 흘러나온 내장 조각들을 모아 처리했다. 나는 그러고 싶지 않았지만 호스피스 병동에서 보았던 중상의 환자들을 떠올릴 수밖에 없었다.

"자주는 아니고 가끔 이러십니다. 책상의 책들을 보면 아시겠지만, 해부학에 지대한 관심이 있으시거든요."

뒤늦게 물에 들어갔다 나온 듯 젖은 책에 그려진 물고기 해부도가 눈에 들어왔다. 의대생이라면 영 이해하지 못할 건 아니었다. 하지만 내가 알기로, 가네모토 아들의 나이는 열댓 살 정도나 되었을 터였다. 대학생도 아닌 일개 중등학생이 해부학에 관심 있다 하여 연못의 잉어를 잡아 와 배를 가르는 게 자연스러운 일인가? 머릿속이 혼란해 아무것도 판단할 수 없었다. 나는 완전히 넋을 잃었고, 그사이에 방 안은 말끔해졌다. 그물을 옮겨 받은 집사가 그물 주둥이를 세게 말아 쥐며 2층의 설명을 마저 끝냈다. 내가 지낼 방은 복도 끝에 위치한 자그마한 문을 지나야 나왔다. 개인용 금고인 줄 알았던 문 너머에는 사다리가 있었고, 다락으로 이어졌다.

"3층의 다락방에서 지내시면 됩니다. 다락이긴 하지만 꽤나 넓고, 생활에 필요한 가구들이 다 들어가 있으니 지내는 건 수월할 겁니다."

집사의 말대로, 3층 다락방은 말만 다락방이지, 내가 태어나서 가져본 어떤 방보다도 넓었다. 집사는 주치의가 도착할 때까지 쉬라고 말하고는 자리를 떠났다. 나는 깔끔히 정리된 다락방을 한가롭게 훑었다. 괜히 삐걱거리는 마룻바닥을 꾹꾹 눌러보기도 했다. 이 아랫방에서 잉어가 죽었다. 동시에 아이러니해졌다. 한 층 더 아래에는 부엌이 있고, 이 집에서 나가 30분을 죽 걸으면 수산시장이 나온다. 매일같이 죽어가는 무수한 물고기들이 있는데, 왜 잉어의 모습은 그토록 충격적이었던 걸까. 단지 장소의 문제인가. 부엌의 도마나 시장의 매대가 아닌, 단정한 책상 위에 올라 있어서? 결국 기분 때문이라는 말이었다. 미물의 죽음에 대한 감상이란 어쩜 이리 얄팍한지. 하기야 사람 목숨 역시 미물처럼 사그라지는 세상이었다. 내 목숨도 그 잉어와 다르지 않겠지.

다락방은 창문이 앞뒤로 뚫려 있었다. 그 구조는 가옥의 정원과 뒷마당을 모두 훑을 수 있었다. 작은 협탁이 놓여 시원하게 탁 트인 앞 창문에 비해 집의 뒤편을 향하는 뒷창문은 내 얼굴조차 완전히 내밀 수 없을 정도로 작았다. 환기를 위해 어쩔 수 없이 만든 창일 것이다. 나는 집사와 함께 있을 때보다 한결 편한 마음으로 이 호화로운 집의 풍경을 내려다보았다. 가을바람에 살랑이는 단풍잎들이 붉은 물결처럼 보였다. 저 인공 연못 속의 잉어들은 자신의 친구가 끔찍한 최후를 맞이했다는 사실을 알까? 아직 얼굴을 모르는 나의 환자는 어떤 광증을 가지고 있길래…….

헛된 감상을 뒤로하고 짐 가방을 풀어 생활용품을 정리했다. 벽장에 옷가지를 개어 넣는 와중에 뒷창문 너머로 낯선 풍경이 비쳤다. 이 가옥은 앞마당보다 뒷마당이 더 넓었다. 집사와 하인들이 휴게공간으로 쓰는 듯한 작은 건물이 우물 옆에 자리했고, 큼지막한 살구나무와 모과나무가 하나씩 솟아 있었다. 눈에 띄었던 건 두 가지다. 좁은 창틀 너머로 머리를 빼내 돌리면 간신히 회색빛의 건물 옆태가 닿았다. 집사가 설명해주지 않은 공간이었다. 그 삭막한 건물은 이 집과는 전혀 어울리지 않았다. 잘못된 자리에 눈치 없이 자리 잡은 부랑자 같았다. 내 시선은 그 회벽을 지나 어딘가에 도달했다. 작은 중문을 넘으면 아직 용도를 확정하지 않은 넓은 땅이 나왔는데, 공사 자재인지 뭔지 모를 것들이 쌓여 있긴 했다. 그리고 그 옆에 드넓게 펼쳐진 건, 말로만 듣던 수영장이었다.

연한 옥빛 타일로 마감된 수영장 한가운데 누군가 둥둥 떠 있었다. 처음엔 그것이 익사체인 줄로만 알았다. 산 사람이라기엔 너무 희뜩했으며, 눈을 질끈 감은 채로 손가락 하나 꼼작하지 않았기 때문이다. 그 깡마른 인영人影은 짙은 색의 배스가운을 입고 있었는데, 소매 밑으로 나온 팔목이 어린나무의 가지처럼 가늘었다. 외면만으로는 성별을 추측하기 힘들었지만 인물의 정체는 짐작 가능했다. 수영장을 저렇게 자유롭게 사용할 수 있는 건 아무래도 집주인 일가뿐일 것이다. 제 방에서 잉어를 토막 낸 나의 환자를 드디어 발견했다. 소년은 여전히 눈을 감고 있었다. 투명한 물 아래에 그리 길지 않은 머리카락이 너울거렸다. 섬뜩한 모습에 심장이 뛰기보다는 내가 그 물에 잠긴 듯 손끝이 차가워졌다.

저린 듯한 손을 잠시 주무르고 다시 창밖을

보았을 때였다. 소년과 눈이 마주쳤다. 착각이 아니었다. 좀 전까지 죽은 것처럼 눈을 감고 있던 소년은 분명 똑바로 나를 응시했다. 나는 결박당한 것처럼 굳었다. 소년이 먼저 시선을 돌리더니, 수영장에서 헤엄쳐 나와 물 자국을 남기며 사라졌다. 한동안 그가 내 방문을 두드려올 것을 대비해 가만히 있었다. 왜 그리 섬찟한 기분이 드는지 모를 일이었다. 보면 안 되는 것을 보았다는 불안이 일렁였다. 아직 인사를 나누지 않은 환자를 마주해서는 아니었다.

아주 찰나에 스치듯 본 그 몸에 새겨진 흔적들을 어떻게 설명해야 할지 모르겠다. 그건 누군가의 일기장 혹은 아주 선명히 보존된 화석 같았다. 상처란 본디 치료하면 아예 사라지지는 않더라도 옅어지기 마련인데, 그 상흔들은 하나같이 피부를 들추고 붓으로 그린 양 선명하게, 바로 얼마 전에 생긴 상처처럼 생생하게 자리했다. 살이 붙었다 아문 자국이 아니라 꼭 무늬 같았다. 상상력이 부족한 나는 좀 전의 잉어를 보았을 때처럼 얼마나 지독한 광증인 건가 하고 중얼거리는 게 고작이었다. 간혹 호스피스 병동에서도 비슷한 상처를 보았다. 어떤 트라우마로 인해 한번 생긴 상처를 놔두지 않고 계속 건들면 상처는 계속 싱그러워졌다. 기억과 마찬가지로 고통의 흔적 역시 들춰낼수록 벗어나기 힘들어지는 것이다. 나는 내가 그 집에서 해야 할 일이 적지 않다는 걸 실감했다.

그날, 소년은 찾아오지 않았다. 가슴을 한껏 졸이게 하던 발소리는 신경질적인 문소리와 함께 미닫이문 너머로 사라졌다.

소년과 정식으로 인사를 나눈 건 그다음 날 아침이었다. 그는 더벅머리에 가네모토의 취향이 분명한 깔끔하고 고급스러운 셔츠를 걸치고 있었다. 나는 주치의인 마사토 상에게 막 환자의 유별난 특성과 해야 할 일에 대해 간략한 설명을 들은 참이었다. 그의 말에 의하면, 환자는 태어났을 때부터 원체 허약한 체질인 데다가 어머니가 사망한 이후 광증까지 얻어 제 몸을 발작처럼 마구 자해한다는 것이었다. 그뿐만 아니라 광증이 갈수록 깊어져 제 몸에 하듯 나약한 소동물들에게도 끔찍한 짓을 저지르곤 한다는 말이었다.

"폐쇄 병동을 추천하였으나 가네모토 상은 절대 반대하셨습니다. 이 모양이어도 외자인지라, 자식을 향한 사랑이 깊으십니다. 하지만 혹여 집 밖에서 동물이 아닌 사람에게 해를 끼칠 수도 있는 터라 허락 없는 외출은 엄격히 금지하고 있습니다. 워낙에 잔인한 성질을 타고난 탓이니 어쩔 수 없죠. 어제도 연못의 잉어를 끔찍하게 죽였다죠?"

고개를 끄덕이자 중년의 의사는 안됐다는 듯 고개를 가로로 저었다. 유전적으로 타인의 아픔이나 고통에 공감하지 못하는 이들이 있다고는 들어 알고 있었지만, 듣는 것과 눈에 독기가 바짝 든 아이를 마주하는 건 또 다른 일이었다. 쉽사리 믿기지 않았다. 회진은 특별한 일이 없는 이상 일주일에 두 번 정도 이뤄지며, 내가 할 일은 언제든 소년의 상처를 치료할 수 있도록 만반의 준비를 하고 있는 것이라고 했다.

"보통은 지난 상처의 딱지를 잡아 뜯거나 손

톱으로 세게 긁는 정도이지만 심할 때는 도구를 쓰기도 합니다. 출혈이 과해지면 위험하니, 항시 주시하고 있어야 해요. 아, 그리고 환자가 짓궂은 장난을 벌일 때도 있습니다만."

거기까지 말했을 때였다. 작은 그림자가 다가오더니 저기요, 하고 말을 잘랐다. 소년이었다. 그는 그 나이대의 평범한 남자애처럼 눈을 반짝이며 내 앞으로 다가왔다. 그러고는 이름이 뭐냐고 물었다. 나는 집사의 조언을 떠올려 일본식 이름을 말했다. 그랬더니 소년은 고개를 저으며 진짜 이름을 말하라고 했다.

"박준영입니다."

"난 유타카예요. 어제 제가 수영하는 걸 훔쳐봤죠?"

당황했다. 소년이 빙긋 웃었고 나는 나보다 머리 하나는 작은 아이를 내려다보며 마찬가지로 웃어주었다. 소년은 또래에 비해 몸집이 왜소한 편이었다. 영양실조에 걸린 사람처럼 쇄골과 볼이 푹 패여 신경질적인 인상이었는데, 동시에 안쓰러움도 자아냈다. 눈과 코는 가네모토의 피라고는 단 한 방울도 섞이지 않은 듯 단정했으며, 속눈썹은 내 것보다도 길어 보였다. 소년이 내내 등 뒤로 숨기고 있던 오른손을 불쑥 내 앞에 들이밀었다. 이 집에 들어온 이후로 모든 반응이 한발씩 늦어진 나는 이번에도 소년이 자신 있게 건넨 선물을 뒤늦게 인지했다. 분명 눈으로 보았는데 뇌가 받아들이기까지 시간이 걸렸다. 소년의 눈은 여전히 초롱초롱 빛났다. 나는 내 손 위에 떨어진 죽은 쥐를 바라봤다. 쥐는 어제의 잉어와 마찬가지로 미끄러운 내부를 활짝 드러내고 있었다. 비명을 지르며 손을 털어냈다. 소년은 즐겁다는 듯 소리 내어 웃었다. 주치의가 한숨을 쉬며 집사를 호출하는 사이, 소년은 덜덜 떠는 내 앞으로 다가와 흥미롭다는 듯이 말했다.

"이렇게 작은 애들도 사람처럼 고통을 느낀다는 게 신기하지 않아요?"

3

방치된 적산가옥을 적당히 살 수 있을 정도로

만 수리하는 데에도 한참이 걸렸다. 나는 겨울이 다 되어서야 그곳에 짐을 풀었고, 그즈음 남편은 해외에서 처리해야 할 급한 용무들을 대부분 정리하고서 내 곁에 자리 잡았다. 적산가옥에서 침대 대신 매트리스를 두고 첫 밤을 보낸 다음 날 아침, 남편은 나에게 정식으로 프러포즈를 했다. 영롱하게 빛나는 백금 반지가 약지에 끼워지자 이루 말할 수 없는 충만함이 밀려들었다.

그날은 가까운 바다로 드라이브를 한 후 전망대의 해산물 코스요릿집에서 식사를 했다. 행복하다, 라고 말하기에 부족함이 없는 하루였다. 저녁 열 시가 가까운 시간에 적산가옥으로 돌아왔다. 우리는 소박하게 우리만의 집들이를 하기로 했다. 나도 그렇지만 남편도 일찍이 해외를 돌아다녀서인지 친구가 많지 않았다. 내가 먼저 씻고 옷을 갈아입는 사이, 남편이 소박한 안줏거리를 준비했다. 양상추에 참깨 소스를 뿌린 샐러드에 모차렐라 치즈와 토마토를 얇게 썰어 겹친 카프레제가 어두침침한 조명 아래 먹음직스럽게 빛났다. 텔레비전 대신 설치한 프로젝터를

켜서 볼만한 영화를 찾아 OTT 사이트를 뒤적거리는 중에 칵테일잔을 든 남편이 다가왔다. 그는 영롱하게 빛나는 라임색 칵테일을 내 앞에 놓으며 말했다.

"자기가 게스트하우스 열면 난 거기서 작게 바나 할까봐."

"그것도 괜찮지. 자격증도 있잖아. 홍콩에서 배웠다고 했지?"

"맞아. 기억하네?"

"색이 예쁘다. 이 칵테일은 이름이 뭐야?"

한 모금 홀짝였다. 톡 쏘는 라임 향이 나쁘지 않았다. 보드카가 들어간 것 같았다. 남편은 제 몫으로 만든 진토닉을 흔들며 답했다.

"가미카제. 자기가 좋아할 것 같았어."

가미카제. 이토록 고운 빛깔의 음료에는 어울리지 않는 이름이었다. 그사이 남편이 극장에서 보지 못한 액션영화 한 편을 골랐고, 나는 칵테일을 빠르게 비웠다.

소파에 기대 담요를 덮고 앉았는데 쾅, 하는 소리가 들렸다. 또다시 강풍이었다. 해안가에 위치한 이 도시는 시시때때로 날씨가 변할뿐더러 늘 습기를 머금은 강풍이 불었다. 나는 자리에서 일어나 정원과 연결된 미닫이문이 잘 닫혔는지 확인했다. 저혈압 때문인지 살짝 시야가 흔들렸다. 다행히 미닫이문은 꼼꼼히 닫혀 있었다. 이런 바람에는 조금이라도 틈이 생기면 유리창이 깨지기 쉽다. 한밤의 정원은 모든 구분선이 사라지고 검은 덩어리로 변한 것처럼 어두웠고, 달빛은 먹구름에 가려 보이지 않았다. 한참을 고민해 매단 물결무늬 커튼을 닫는데 정원의 한구석에 시선이 붙들렸다. 메마른 인공 연못 앞이었다. 집은 수리했지만 관리가 쉽지 않을 것을 고려해 연못까지 되살리지는 않았다.

그 연못 앞에, 누군가 서 있었다. 나는 손등으로 눈을 비비고서 다시 그곳을 응시했다. 모습은 보다 선명해졌다. 열다섯 살이나 되었을 법한 어린애의 몸이었다. 작고 왜소하지만 분명히 존재했다. 그 순간, 불현듯 목덜미에 한기가 일었다. 달빛조차 없는 정원에서 나는 저 인영을 어떻게 알아본 걸까?

헛것이라기엔 너무나 똑똑히 보였다. 인영은 어깨를 웅크리고 앉아 텅 빈 연못을 들여다보고 있었다. 고개를 푹 숙인 탓에 얼굴이 보이지는 않았다. 내가 꼼짝도 하지 않자 남편이 무슨 일이냐고 물었다. 나는 남편을 향해 손짓했다.

"저거 보여?"

남편이 커튼의 틈새로 창밖을 내다보았다.

"뭐가? 아무것도 안 보이는데?"

"연못 앞. 연못 앞에 누가 있잖아. 어린애."

"무슨 소리야? 아무것도 없어. 자기 가미카제 한 잔 마시고 취한 거야?"

그러는 사이에도 인영은 움직였다. 희고 앙상한 팔을 뻗어 무언가를 잡으려는 듯, 텅 빈 연못을 휘휘 저었다. 남편이 내 손목을 붙잡아 소파 앞으로 이끌며 말했다.

"길고양이 아니야? 이 동네에 많잖아. 영화나 보자."

아이는 어느새 고개를 들어 나를 바라보고 있었다. 별채의 어둠이 깃든 까만 눈동자였다. 눈동자를 감싼 흰자위는 너무 희어서 그 강한 대비가 섬뜩한 느낌을 주었다. 나는 남편의 손을 뿌리치고 다시 미닫이문으로 다가갔다. 커튼을 활짝 열고 정원으로 나아갔다. 바다의 짠기를 머금은 바람이 메마른 나무를 뒤흔들었다. 연못가에 더 이상 아이는 없었다. 아무것도 보이지 않았다. 사방을 둘러보아도 마찬가지였다. 나는 망연히 서서 내가 지금 무엇을 하고 있나 생각했다. 꿈을 꾸는 듯 모든 감각이 몽롱했다. 끼익, 귀에 거슬리는 소리가 났다. 이 목조 건물에서 저런 소리를 내는 건 별채밖에 없다. 분명 잠가두었던 것 같은데 별채는 어째선지 또다시 활짝 열려 있었다. 그 순간, 이 집에 돌아온 첫날 마주친 두 눈동자가 뇌리를 스쳤다.

그래, 그때도 분명 보았다. 별채 안에 누군가 살고 있는 것이다.

단순히 길을 잃은 꼬마일까? 근방에 보육시설이 하나 있긴 했다. 아니면 갈 곳이 없어 방치된 집에 숨어든 부랑자의 아이인가? 그래, 그럴 수도 있었다……. 이 집은 아주 오래 버려져 있었으니까. 그런 집에는 필연적으로 침입자들이 생긴다. 방황하는 자들이 묵은 곰팡이처럼 삐걱이는 틈새를 파고드는 건 특별한 일도 아닐 테다. 하지만 이 집은 외증조모가 나에게 물려준 나의 집, 그리고 내 미래를 밝혀줄 보금자리였다. 불청객의 정체를, 존재의 유무를 알아내야만 했다. 그래야만 후련해질 것 같았다. 나는 별채를 향해 화가 난 사람처럼 큰 보폭으로 나아갔다. 등 뒤에서 남편이 도대체 왜 그러냐며 외쳤다. 나도 내 안에 피어난 이 마음이 무엇인지 알 수 없었다. 불길에 휩싸인 듯 뜨겁고 몸서리가 쳐졌다. 별채는 점점 가까워졌다. 나를 농락하듯 두터운 문이 바람을 따라 불안정한 간격으로 흔들렸다. 녹슨 쇠의 마찰음이 불길한 노래를 빚어냈다. 그렇게 한 발을 내딛는 순간, 관자놀이의 아릿한 통증과 함께 시야가 빙그르르 돌았다.

찰나 몸이 붕 뜨는 듯했고, 뾰족한 통증이 꼬리뼈와 뒤통수를 강타했다. 한때 연못의 가장자리였던 돌에 미끄러진 걸까? 그 돌이 이렇게나 미끄러웠나? 물때가 낀 것처럼. 운주야, 남편이 내 이름을 부르며 다가왔다. 시야가 고장 난 화면처럼 계속 흔들렸고, 나는 울렁이는 밤하늘과 괴물의 갈기 같은 마른 잎들을 보며 눈을 감았다. 별채가 만드는 노래는 계속되었다. 저 문 너머를 들여다봐야 하는데, 걷잡을 수 없이 잠이 쏟아졌다.

꿈을 꾸기 시작한 건 그때부터였다.

◆◆◆

꿈 안의 나는 간호복을 입고 있지만 병원에서 일하지는 않는다. 꿈속 이야기는 알게 모르게 이어지나 꿈답게 공백이 존재한다. 나는 난데없이 나타난 죽은 쥐와 물고기의 내장을 보고 비명을 지른다. 자신의 몸에 상처를 입히는 소년이 있다. 수영장. 수영장 위에 떠 있는 소년은 익사체 같다. 나는 그 소년을 두려워하면서 동시에 미워한다. 악마 같은 애새끼다. 고통을 모르고 생명의 귀중함을 모르는, 악덕 무역상의 핏줄이다. 나는 아이를 일부러 거칠게 치료하고, 환부에 연고를 찍어 누르듯이 바른다. 소년은 신음한다.

그럴 때마다 나를 보며 웃는다. 즐거워하는 표정으로. 입으로는 고통을 내비치며. 나는 같이 웃어준다.

어느 날 소년은 말한다.

"당신은 이 집에 살게 될 거야. 내가 죽고 난 후에."

그 꿈은 대체로 악몽이다.

◆◆◆

정신을 차렸을 땐 병원 응급실이었다. 진단명은 실족으로 인한 가벼운 뇌진탕이었다. CT상 별 특이점이 없어 집으로 돌아왔다. 돌아오자마자 나는 강박적으로 별채로 향했다. 문은 굳게 닫힌 채였다. 간밤에는 그토록 요란하게 흔들리던 문이 언제 그랬냐는 듯 천연덕스럽게 입을 다물었다.

남편이 잠갔다기엔 그럴 이유도, 여유도 없었다. 그는 내내 병원에 머물다 나와 함께 돌아왔으니까. 그렇다면 지난밤의 내 눈과 귀가 미쳤거나 누군가 이 건물에서 장난질을 치고 있다는 말이었다. 그 꽉 닫힌 철문을 노려보다 열쇠를 챙겨 나왔다. 심호흡과 함께 손잡이의 열쇠 구멍에 그것을 밀어 넣고 돌리자, 문은 싱겁게 열렸다. 손잡이가 헛도는 걸 보니 단순한 고장인 듯했다. 혼란으로 떨리던 손끝이 점차 안정을 되찾았다.

나는 상상했던 것보다는 그리 까맣지 않은 내부와, 조그만 창 너머로 비치는 아침 해를 응시했다. 오래 묵힌 두려움에 비해 허무한 공간이었다. 그 황량한 안쪽에 누군가 숨어 지낼 공간 따위는 없어 보였다. 하긴 곱씹어보면 처음부터 허황된 가정이긴 했다.

조금 진정되긴 했으나 여전히 얼떨떨한 기분이었다. 문이야 고장 때문이라 치더라도 내가 뭔가를 목격한 건 사실이었다. 분명히 보았다. 이곳을 맴도는 쓸쓸하고 불길한 형상을. 한 번도 아니고 무려 두 번이었다. 그 소년은 무엇이었을까? 남편은 그날 내가 본 것에 대해서 더 이상 묻지 않았다. 애초에 내 말을 믿지 않는 듯했다.

그렇게, 남편처럼 없던 일 취급하며 지나갈 수

있다면 좋았을 것이다. 보고도 못 본 척할 수 있었다면…….

하지만 현실의 악몽은 그날부터 시작되었다. 악몽은 모든 꿈이 그렇듯 난데없이 찾아와 일상을 뒤흔들어 놓았다. 나는 현실의 꿈에서는 어떻게 해야 깨어날 수 있는지 알지 못했다. 시야를 흩뜨리는 불쾌한 잔상들과 관자놀이를 괴롭히는 두통. 그리고 백일몽의 나날이 이어졌다. 계속해서 그 아이를 보았고, 그럴 때면 매번 의지와 상관없이 몸이 움직였다. 아이는 시시때때로, 갑작스럽게, 제멋대로 나타났다.

내가 낮에 마루에 앉아 책을 읽고 있을 때, 집안을 청소하고 있을 때, 창업 관련 온라인 수업을 들을 때나 외주받은 게임 시나리오를 번역하고 있을 때도. 불현듯 나타나 약 올리듯 사라졌다. 흰 발목, 흰 손, 창문 너머로 마주치는 눈동자, 낡은 옷자락, 사부작거리는 발소리, 미약한 숨소리. 난 손에 붙잡히지 않는 아이를 찾아내기 위해 집 안과 정원, 별채를 미친 사람처럼 헤집었다. 대부분 남편이 없는 날이었으므로, 외출

했다 돌아온 남편은 강도라도 든 것처럼 엉망이 된 집 안 모습에 한숨을 쉬곤 했다. 뒤늦게 정신이 든 나는 내가 어질러놓은 꼴을 보며 두려움에 휩싸였다. 묵묵히 집 안을 정리한 그가 화를 내는 대신 따뜻한 차를 건네주자 그제야 안정이 찾아왔다.

뇌진탕과 함께 시작된 꿈은 드문드문 이어졌다. 그 안에서 나는 죽어가는 환자의 환부에 약을 바를 때도 있었고, 더러운 시트를 갈기도 했다. 꿈임에도 현실처럼 피로했다. 붉은담장집에 살기 시작한 후로는 현실에서 나를 괴롭히는 그 지독한 소년의 투정과 기행을 버텨야 했다. 발작하듯 제 몸을 긁는 소년을 붙잡아 꽁꽁 묶어두고 감시하는 것 또한 나의 일이었다. 한 달쯤 지나서 그 꿈의 주인공이 다름 아닌 외증조모라는 사실을 깨달았다. 꿈속의 나는 거울을 본 적이 없어 얼굴을 몰랐는데, 그 지랄 맞은 소년이 어느 날 나에게 죽은 쥐를 건네며 '준영'이라고 불렀다. 그 순간 꿈에서 깨어났고, 나는 풀 곳 없는 분노에 휩싸였다.

외증조모. 외증조모가 원인이다.

애초에 이 집에서 1년을 버티라고 한 것은 외증조모의 뜻이었다. 그리고 꿈속의 나는 외증조모의 젊은 시절을 살고 있었다. 나에게 꿈을, 한참 전의 과거를 보여주는 이유가 있을 터였다. 외증조모는 어쩌면, 죽어서까지 이 집에 머물고 있는 걸까? 그렇다면 어째서 소년과 다르게 눈앞에 나타나지 않는가?

고작 한 달이었다. 그 한 달 사이에 나는 빠르게 수척해졌고 사고방식 역시 차츰 상식의 범주를 넘어섰다. 눈을 감고 있는 시간에 비해 수면의 질이 좋지 못했다. 낮에 온 신경을 바짝 세우고 있으니 당연했다.

한번은 이런 적도 있었다. 그날 나는 며칠째 이어지는 악몽에 신경질이 날 대로 난 상태였다. 실핏줄이 바짝 선 퀭한 눈으로 오후까지 마감인 번역 일을 하는 중이었다. 한 글자가 두 개로 보일 만큼 집중력이 떨어졌을 때, 갑자기 어디선가 비명이 들려왔다. 생살을 찢는 듯 고통에 찬 소년의 비명이었다. 환청인가 싶었지만 너무나 선명한 소리라 무시할 수 없었다. 결국 근방에서 큰일이 벌어졌나 싶어 밖으로 나갔다. 현관을 지나 담장 밖으로 나가자 소리는 뚝 그쳤다. 정면의 여자고등학교가 보이는 거리는 고요하기만 했다. 간혹 몰래 군것질을 하러 나온 고등학생들이 핫도그를 물고서 걸어갈 뿐이었다. 나는 뒷걸음질해 문턱을 넘었고, 그러자 다시 예의 자지러지는 비명이 들려왔다. 그짓을 몇 번이나 반복했다. 문턱을 넘으면 소리도 환영도 없었다. 하지만 붉은 담장 안쪽은 생지옥이었다. 그럼에도 그 집에서 나올 생각 자체를 하지 못했다. 단단히 홀렸던 것이다.

보이지 않는 막이 사고 한 켠을 단단히 가로막은 듯했다. 나는 당장 짐을 싸서 저주받은 집을 벗어날 생각은 못한 채, 비명의 진원지를 향해 계속 나아갔다. 원흉은 뻔했다. 별채였다. 자물쇠를 걸어 잠근 문 너머에서, 듣는 사람까지 숨을 막히게 하는 비명이 쏟아져 나왔다. 가만히 서서 별채를 노려봤다. 차가운 시멘트벽이 숨이라도 쉬는 것처럼 작게 오르락내리락하기 시작했다.

나는 내 눈을 의심했다. 정말 미쳐버린 걸까? 내가 미친 게 맞다면 그건 이 집과 집을 물려준 외증조모의 저주인 게 분명했다. 아니면 그 역시 집의 저주를 받아 그토록 불길한 죽음을 맞이했던 것일까? 스스로의 감각과 사고를 신뢰할 수 없었다. 눈앞의 회색 건물은 죽어가는 심장, 혹은 짐승의 살갗처럼 아주 느리게, 하나 분명히 부풀었다가 쪼그라들기를 반복했다. 내 생명을 빼앗아 고통의 기억을 발산하듯이. 그럴 때마다 안에서는 고문당하는 이의 끔찍한 비명이 흘러나왔다. 비명은 귀를 막아도 사라지지 않았고, 영원히 끝나지 않을 것처럼 계속되었다.

나는 또 다른 망상에 사로잡혔다. 이해 불가한 일을 어떻게든 이해하기 위한 과정에서 오류가 발생한 것이다. 내가 이 문을 잠근 게 언제더라? 분명 고장 난 손잡이를 고치고, 열쇠를 새로 맞추었다. 아무나 침입할 수 없다. 하지만 만에 하나라도, 정말 이 안에서 끔찍한 일이 벌어지고 있다면? 이 비명이 환청이 아닌 진짜라면? 그래, 이토록 생생한 소음이 가짜일 리 없었다. 나는 열쇠를 가져와 내가 직접 잠근 별채의 문을 열기에 이르렀다. 그리고 크게 외쳤다.

"거기 누구 있어요?"

문이 활짝 열림과 동시에, 비명은 잦아들었다.

이제 그 안에 남은 건 퀴퀴한 곰팡이 냄새와 왜인지 모를 탄내, 그리고 견디기 힘든 고요뿐이었다. 그 공허를 믿을 수 없어 나는 별채를 샅샅이 뒤지기 시작했다. 별채는 복층 구조였다. 정사각형에 가까운 면적의 왼쪽 구석에는 철제 계단이 놓여 있었다. 1년 후 밀어버릴 생각이라 수리를 하지 않았더니 계단은 언제 무너져도 이상하지 않을 상태였다. 오르내릴 때마다 비명과 비슷한 소리가 났지만, 내가 들었던 비명은 아니었다.

쌓아놓은 잡동사니조차 없어 내부는 휑했다. 사람이 숨을 어떤 공간도 없었다. 2층 한쪽 벽에 놓인 몇 개의 구식 금고 캐비닛이 다였다. 물론 하나하나 다 열어보았다. 아무것도 없었다. 그럼에도 믿기 힘들었다. 순간 걷잡을 수 없는 분노, 혹은 다급함이 차올랐고 나는 벽을 마구 두드리며 외쳤다. 벽 너머의 존재를 향해. 거기 있어? 누구야? 거기 있지? 아무 응답도 돌아오지 않자 신경질이 났다. 어디에 있는 거야? 도대체 어디에 있는 거냐고! 나는 회색 벽을 맨손으로 치고 발로 차며 화풀이했다. 상처 입은 건 나뿐이었다. 어느새 손바닥은 우둘투둘한 벽에 쓸려 시뻘게졌고, 언제 삔 건지 발목은 퉁퉁 부어올랐다. 나 홀로 씩씩거리는 소리만 울려 퍼졌다. 별채는, 그야말로 텅 빈 공간이었다. 심지어는 매일같이 나타나 신경을 긁던 소년마저 보이지 않았다. 나는 다시 정중앙에 서서 별채의 출입문을 노려보았다. 차이점이라면 이번에 나는 밖이 아닌 안에 있다는 것.

흥분은 점차 가라앉았다. 이 모든 짓이 신경쇠약으로 인한 헛짓거리라는 걸 받아들여야 했다. 나는 문을 향해 한 발을 내디뎠다. 정원의 단풍나무에서 나뭇잎이 우수수 떨어졌다. 그 소리에 낯선 음성이 뒤섞였다.

"일……망……한다."

이어지는 비명. 흐느낌. 고통을 참는 듯한 신

음. 다그치는 말소리.

나가려던 몸을 다시 돌렸다. 분명했다. 말소리였다. 신경을 바짝 기울이지 않으면 놓칠 만한 작은 소리였지만, 내 귀에는 계시처럼 선명히 닿았다. 어디선가 비린내가 풍겨오는 것 같기도 했다. 나는 다시 피투성이 손바닥으로 벽을 하나하나 되짚으며, 귀를 가져다 댔다. 문으로부터 왼쪽 벽은 아니었다. 오른쪽 벽도 아니었다. 맞은편? 아니었다. 2층으로 올라갔더니 소리는 멀어졌다. 다시 내려오자 더 또렷하게 잘 들렸다. 소리는 분명 1층의 어딘가에서 들려오는 것이다. 그리고 이제 이 음울한 건물에서 남은 벽은 하나였다. 나는 내 발밑을 바라봤다.

"정말……다고? 그럼…… 해야……지?"

허리를 약간 숙였다.

"나…… 서…… 땅을…… 구해야……."

두꺼운 벽에 뚫린 아주 작은 구멍 사이로 속삭이는 듯했다. 가만 들어보니 두 사람인 듯했다. 주고받는 목소리가 약간씩 달랐다. 한 명은 보다 딱딱한 말투에 중년의 남성 목소리였고, 다른 한 명은 확연히 앳되었다. 대화는 일본어로 진행되었다. 나는 내용을 듣기 위해 더, 더 몸을 숙였다. 숙이다 못해 무릎을 접고 엎드려 바닥에 왼쪽 귀를 바짝 가져다 대었다. 초겨울의 냉기를 머금어 얼음장같이 차가운 바닥에 귓바퀴가 닿는 순간, 다시 한번 자지러지는 비명이 이어졌다. 고막이 찢어질 것 같았다. 쉽게 판단할 수는 없으나 앳된 목소리가 지르는 비명 같았다. 이마에 식은땀이 맺혔다. 혹시 아래로 향하는 이음새가 있나 살폈지만 벽과 마찬가지로 바닥은 그저 시멘트를 바른 땅에 불과했다. 어떤 틈도 없었다. 나는 계속 밑에서 들려오는 대화에 귀를 기울였다.

"일……망……한다."

대화는 비명을 기점으로 반복되었다. 카세트테이프를 되감은 것처럼 지난 대화가 이어졌다. 나는 목소리에 온 신경을 쏟아부었다. 요즘과는 다른 말투라 알아듣는 데 한참이 걸렸지만, 여러 번의 반복 끝에 딱 한 문장을 해석할 수 있었다.

"1945년 일본은 패망한다."

고통에 찬 앳된 목소리는, 분명히 그렇게 말했다. 활짝 열려 있던 별채의 문을 누군가 가로막고 섰다. 점점 다가오는 발소리. 여전히 밑에서는 속삭이는 듯한 대화가 들려왔다. 나는 안쪽으로 길게 늘어진 그림자와, 지하에서 울려 퍼지는 별채의 기억에 완전히 사로잡혔다. 결박당한 것처럼 꼼짝도 할 수 없었다. 바짝 마른 입으로 밭은 숨을 뱉으며 눈을 질끈 감았다. 얼마 후, 그림자의 주인이 내 어깨를 붙잡고 흔들었다.

"여기서 뭐 하는 거야?"

그리고 당황이 깃든 남편의 시선을 마주하는 순간, 불현듯 깨달은 것이다. 내가 외증조모가 사망한 순간과 똑같은 자세를 하고 있었다는 걸.

"운주야, 괜찮아?"

남편이 떨리는 목소리로 물었다. 어딘가로 떠나 있던 현실감각이 육체로 빨려들 듯 되돌아왔다. 나는 물에 잠긴 사람처럼 느리게 고개를 끄덕였다. 그는 말없이 나를 부축해 일으켰다. 뭐가 뭔지 하나도 알 수 없었다. 무언가, 들어서는 안 되는 걸 들은 것 같기도, 아주 끔찍한 실수를 저지른 기분이 들기도 했다. 나는 남편에게 의지한 채 후들거리는 두 발로 별채를 걸어 나갔다. 내가 문턱을 넘자 별채는 이번에도 자지러지게 비명을 질러댔다. 지긋지긋했다. 역시, 남편의 귀에는 하나도 들리지 않는 비명이었다. 남편이 나를 거실의 리클라이너에 조심스레 앉히고는 부드럽게 물었다. 유자차 한잔 타줄까? 막 외출하고 돌아온 그의 손에는 전통차 선물세트가 들려 있었다. 나는 고개를 끄덕였다.

"손바닥은 또 왜 그래? 응급 키트 가져올게."

굳게 닫힌 미닫이창을 뚫고 별채의 비명이 닿았다. 남편이 따뜻하고 달콤한 유자차를 타 오길 기다리며, 나는 별채에서 들었던 말소리를 중얼거렸다.

"1945년 일본은 패망한다."

시제는 과거형이 아니었다.

4

소년은 한마디로 불길했다. 무덤가를 배회하

는 까마귀, 혹은 이미 죽은 몸에 악령이 깃들어 움직이는 인형 같았다. 가끔 수영장에 동동 떠 있을 때면 썩은 연못에 배를 드러내고 뜬 물고기 같기도 했다. 소년의 기행과 잔인함은 종종 도를 넘었고, 나는 신자도 아니면서 그가 악마에게 영혼을 바쳤다고 생각하는 지경에 이르렀다. 색색의 유리구슬처럼 아름다운 눈을 빛내며 잉어를 죽이는 모습을 보면 누구라도 그렇게 생각했을 것이다.

그리고 가네모토는 그런 아들의 처지를 딱하게 여기는 건지, 아니면 대수롭지 않게 보는 건지 어떤 기행을 저질러도 크게 지적하지 않았다. 제대로 본 것인지는 모르겠지만, 그는 대체로 외아들의 행실에 관심이 없어 보였다. 이 붉은 담장을 넘지만 않는다면 안에서 사람을 죽여도 괜찮다 하지 않을까 싶었다. 그는 대부분을 집 밖에서 보냈으며, 해외를 오가느라 집을 아예 비우는 경우도 허다했다.

아름답던 히나코 부인이 5년 전 결핵으로 죽었다는 건 집사에게 들어서 안 사실이다. 가네모토 같은 남자가 정부인이 죽었다고 새 부인을 들이지 않는 게 의외였다. 잔혹한 기행을 저지르는 아들과 사치스러운 거부로만 이루어진 가족이라니. 가옥에 머문 지 한 달 만에 나는 이 기묘한 구성원에게 그럭저럭 적응했다. 병원장의 말대로 일은 그리 힘든 편이 아니었다. 산 채로 썩어가는 이들에게 가망 없는 희망의 목소리를 속삭여주는 것보다야 자업자득의 상처를 임시로라도 봉합하는 게 나았다. 새 상처가 생기고 피가 흐른다는 건 살아 있다는 뜻이었다. 더군다나 병동과 달리 이곳의 환자는 단 한 명이었다. 문제는 여유가 생기자 쓸데없는 생각과 헛된 감정이 차올랐다는 것이다.

나는 호스피스 병동에서 수많은 죽음을 피하고자 발악하는 몸부림을 보았다. 절망의 고름과 생명이 빠져나간 껍질을 치웠다. 병동 바깥도 마찬가지였다. 징집된 큰오빠가, 징용된 아버지가 살아 돌아올지 알 수 없었다. 그 참혹함을 아무것도 모르면서, 이 호화롭고 안락한 가옥 안에만 편안히 머무는 주제에 생명을 해하는 소년이 혐

오스러웠다. 그 애가 더없이 무구한 얼굴로 살아 있는 것들을 죽이는 현장을 보는 건 아무리 시간이 지나도 익숙해지지 않았다. 광증의 증상으로 이해해보려 했으나, 그가 나를 불시에 바라볼 때마다 매번 완벽하게 거북함을 숨길 수는 없었다. 소년은 눈치가 빨랐다. 그는 내가 자신을 싫어한다는 걸 알고 있었다. 소년은 나의 혐오를 비웃듯 보란 듯이 내 눈을 바라보며 뾰족한 돌로 제 허벅지를 찌르기도 했고, 내가 뒷마당에서 빨래를 널고 있으면 굳이 휘파람을 불어 시선을 끈 뒤 수영장 난간에 이마를 마구 찧기도 했다. 상처가 나면 내가 처치를 해야 한다는 걸 알고서 부러 그랬다. 내가 그와 접촉은커녕 눈조차 마주치기 싫어한다는 걸 알고서 하는 짓이었다. 소년을 향한 나의 혐오감과 증오, 혹은 분노는 나날이 깊어갈 수밖에 없었다. 그렇다고 내가 환자에게 반격을 가할 수도 없는 일이었다. 훈계와 비난은 나의 업무가 아니었다. 나는 그 집에 오로지 응급처치를 위해서만 존재했으며, 누구보다 스스로가 그 사실을 잘 알았다.

부유한 소년과는 달리 나에게는 생계를 보태야 할 가족이 있었다. 그러니, 내가 할 수 있는 건 고작해야…… 소년의 벌어진 환부에 보다 쓰린 약을 거칠게 바르는 것, 치료를 빙자한 고통을 주는 것, 그뿐이었다. 사소하다 못해 보잘것없는 복수. 소년은 매번 아파하며 신음했다. 나는 조금도 다정히 대하지 않았다. 눈치 빠른 소년은 그게 나만의 응징이라는 걸 알았을 것이다. 그는 고통스러워하면서 웃었다. 나는 그럴수록 이런 건 참아야 한다고 산뜻이 말한 후, 가볍게 미소 지어 보였다.

소년의 몸에 있는 상처에서 특이점을 발견한 건 가네모토가 일본 교토로 한 달간 출장을 떠나고 얼마 지나지 않아서다. 내가 일을 시작하고서 두 달 정도가 흘렀을 즈음이었다. 아버지가 떠난 집에서 소년은 한결 편안해 보였다. 자해도 줄었고, 동물들을 죽이는 일도 거의 없었다. 그때의 그는 꼭 병약하지만 평범한 소년 같았다. 새로 늘어나는 상처가 없으니, 이전의 상처들에 더 신경을 쏟을 수 있었다. 평소처럼 주치의가 처방한 연고를 발라주는데, 문득 셔츠 깃 너머로 메마른 등이 비쳤다. 어깻죽지에도 칼로 벤 듯 길쭉한 상처들이 몇 개씩이나 자리했다. 나는 별생각 없이 그 상처들을 보기 위해 셔츠를 벗어보라 말했고, 소년 역시 덤덤히 셔츠를 풀었다. 상처는 꽤 예전에 난 듯 거의 아물은 채였다. 이전 간호사가 꽤 깔끔히 처치한 것 같다고 생각한 직후 나는 기묘한 위화감에 휩싸였다. 어깨와 등이란 스스로 상처를 내기에는 불편한 부위다. 그런 것치고 상처는 빼곡했다. 내가 이 집에 온 이후로 소년이 등이나 어깨에 자해를 한 적이 있던가?

뒤늦게 감지한 이상한 점은 그뿐이 아니었다. 벗은 상의 곳곳에서 단순히 찌르거나 벤 것이 아닌 쓸린 듯 모호한 상처가 발견되었다. 손목이나 발목 안쪽, 허벅지 가장자리와 양 팔뚝의 바깥쪽. 그 흉터는 범위가 넓었으며, 몇 번이나 벌어졌다 아물어 꼭 조악한 팔찌처럼 보이기도 했다. 결박흔이었다. 밧줄 등에 묶인 채로 몸부림칠 때 남는 흔적이었다. 그 예외적인 상처가 가리키는 경우는 두 가지였다. 가장 자연스럽게, 또 합리적으로 떠오르는 그림은 소년이 제 앞면이고 뒷면이고 하도 가만 놔두지 않는 탓에 꼼짝하지 못하도록 결박해둔 경우다. 호스피스 병동에도 죽음의 공포를 이기지 못한 나머지 자해를 하는 환자들이 있었다. 고통을 미리 겪음으로써 현재의 생존을 실감하고 미래를 대비하는 마음이다. 그런 환자들은 임시로 진정제를 투여하고 격리병동의 침대에 묶는 수를 쓰기도 했다. 그들에게도 비슷한 상처가 생겼다. 이 경우는 치료의 일환이나 가족의 광증에 질린 구성원의 처방으로 이해가 가능했다.

그리고 남은 하나는, 조금 섬뜩한 상상을 불러일으켰다. 소년의 몸에 난 상처가 오롯이 스스로 만든 게 아닐 수도 있다는……. 가네모토의 비열한 얼굴이 스쳤다. 단언컨대, 그와 이 소년은 조금도, 아주 조금도 닮지 않았다. 솔직히 친자는 맞는지 의심이 가는 정도다. 실제로 나는 이 집에 머무는 두 달 동안 소년, 그러니까 가네모토 유타카가 아버지와 살갑게 대화하는 걸 본

적이 없었다. 유타카는 아버지나 죽은 어머니에 대해서 아무 말도 하지 않는다. 물론 그는 애초에 말을 잘 하지 않았다. 소년은 대체로 늘 방 안에 있었다. 가네모토는, 그냥 제 자식에게 관심이 없었다. 2층에 처박힌 미친개 정도로 대했을 뿐이다. 그간 학대의 정황이 있었던가? 과산화수소수로 환부를 소독하던 나는 스치듯이 물었다. 어깨나 등은 닿기도 힘들 텐데 참 부지런히 그어댔네요. 소년이 답했다.

"응, 나는 보통은 보지 못하는 곳까지 쉽게 도달하거든."

스스로 한 게 맞냐고까지는 묻지 못했다. 아니, 묻지 않았다. 책임감이 없다거나 비겁하다 비난해도 할 말은 없다. 하지만 만에 하나 소년이 정말 가혹한 취급을 받고 있다 한들, 내가 해줄 수 있는 건 아무것도 없었다. 그러니 그냥 모르는 게 상책이다, 그렇게 생각했다.

대신 그날은 조금 부드럽게 연고를 발라주었다. 소년이 오늘은 손에 힘이 없나봐? 하고 비아냥댔다. 나는 웃지 않았다.

그때, 나와 그 아이의 사이에 애틋한 무엇이 발생했다고는 생각지 않는다. 하지만 당시 소년의 기행이 한결 누그러진 탓인지, 아니면 뜻밖의 상처들이 내 머릿속에 온갖 상상을 불러일으킨 까닭인지 나는 이전보다는 아주 조금 가여운 마음을 품게 되었다. 정원의 돌조각보다 작은 연민이었다. 그러자 마냥 아니꼽게 보였던 것들 역시 묘하게 다르게 보였다. 소년은 식사를 거의 하지 않았다. 하루 반 공기도 다 먹지 않았다. 본래 음식 귀한 줄 모르는 것 같아 화가 치솟던 것이 한 단계 낮은 한심함으로 바뀌었다.

'안 먹어봤자 저만 손해지. 배가 불렀어. 아무 관심도 못 받는 핏줄 주제에 누가 알아주나.'

또 그는 대부분의 시간을 철저히 혼자 보냈는데, 그 나이대의 아이가 친구 한 명 없는 것 역시 가혹하다는 생각이 들었다. 외부 활동을 하지 않아 광증이 깊어진 건지, 광증 때문에 외부 활동을 아예 못 하게 된 것인지 헷갈렸다. 주치의 마사토 상은 가네모토가 아들을 향한 사랑이 깊어 폐쇄병동에 보내지 않는 것이라 말했지만, 온종

일을 홀로 보내는 유타카를 보면 차라리 폐쇄병동에서 같은 광증 환자들과 어울리기라도 하는 게 나을 듯했다. 그런 마음이 솟구친 어느 날, 나는 목덜미의 피딱지를 강제로 떼어내 상처가 덧난 소년을 향해 자질구레한 질문들을 던졌다.

"왜 계속 딱지를 떼?"

온종일 붙어 있다 보면 자연스레 말을 놓기 마련이었다.

"거슬려. 떼어낼 때 따끔한 게 좋아."

"고통이 좋아?"

"좋지는 않지만 익숙해. 딱지를 떼내는 정도의 고통은 달콤하지."

"네가 익숙하다고 다른 생명들도 그런 건 아니야."

"알아. 하지만 가끔 참을 수가 없어."

"뭐가 그렇게 참을 수 없는데?"

"당신은 몰라. 알 필요도 없지만."

대화 주제를 바꿨다.

"밖에 나가고 싶지는 않아?"

"그다지. 밖은 전쟁이 한창이야. 사람들은 끌

려가고 굶어 죽어."

"그건 맞아. 그렇다면 미래에, 언젠가 전쟁이 끝난 미래에 해보고 싶은 건 있어?"

"해보고 싶은 거?"

"나중에는 너도 어른이 될 테니까. 해부학책을 자주 보잖아. 의대에 진학하는 건 어때? 마사토상에게 과외를 받아봐."

유타카는 무척 재밌는 농담을 들었다는 듯, 활짝 웃었다. 그런 뒤 맑은 목소리로 답했다.

"그럴 일은 없어. 나도 아버지도 곧 죽을 거거든."

소년이 내게 바짝 얼굴을 붙여 왔다. 손목을 붙잡고, 귓가에 짓궂은 목소리를 흘려보냈다. 나는 그때 그가 한 말을 얼마가 지나서야 온전히 이해하게 되었다.

"아버지는 내가 죽일 거야."

◆◆◆

그로부터 열흘 후, 가네모토가 일본에서 돌아

왔다. 그가 돌아오기 전날 밤, 유타카는 다시 자해를 시작했고 그가 돌아온 날부터 쥐들을 죽이기 시작했다. 나는 한쪽에는 혐오감이, 반대쪽에는 호기심과 아주 약간의 안쓰러움이 오른 저울을 놓았다. 저울은 수시로 한쪽으로 기울었다 역전되었고, 기묘하게 평평한 균형을 맞추기를 반복했다. 그사이 한 가지 알게 된 것이 있다. 소년이 가네모토의 친자가 아니라는 소문이었다. 소문이므로 확실치는 않지만, 일본인과 프랑스인의 혼혈인 히나코 상이 어디선가 데려온 아이라는 것이다. 나에게 그 이야기를 해준 건 예의 또래 하녀였다. 그 애의 이름은 운숙으로, 다른 자매들 역시 포목상이나 미곡상의 집에서 하녀 일을 하는 터라 소문에 빠르다고 했다.

"돌아가신 히나코 상이 유곽 출신이었대. 그러다 출장 온 가네모토와 눈이 맞은 거지. 그리고 애를 낳았는데, 문제는 가네모토 물건이 텅 비었다는 거야. 씨앗이 없다고."

운숙이 눈썹을 찡긋거리며 소리 없이 입을 움직였다. 고-자라고. 날 때부터 그랬대.

시간은 빠르게 흘러 1944년이 되었다. 나는 짧은 휴가를 받아 본가에서 명절을 지냈다. 학도병으로 끌려간 큰오빠에게서는 여전히 소식이 없었다. 여동생은 공장에서 숙식을 해결하며 일을 하게 해준다는 학교 선생의 말에 일본행을 고민하고 있었다. 나는 말렸다. 먹을 것과 잘 곳과 입을 것과 돈을 주겠다, 그건 너무 달콤해서 위험한 냄새를 풍기는 제안이었다. 나 역시 비슷한 제안에 넘어가 붉은담장집에서 머물게 된 것이지만, 이 땅에 머무는 것과 떠나는 건 달랐다. 배를 타고 건너가 버리면 무슨 일을 당해도 도망치기 힘들다. 그들을 믿어? 그들이 정말 약속을 지킬 거라고 생각해? 안일한 여동생에게 짜증이 치솟았다. 사실 여동생의 잘못이 아님에도 그랬다. 여동생은 여전히 망설였다. 그는 일본에서 돈을 벌어 와 경성에서 대학에 다니고 싶다고 했다. 나는 복에 겨운 소리 말라고 다그치고는 심란한 공기를 참지 못해 집을 나왔다. 본래 휴가보다 하루 일찍 돌아오게 된 연유였다.

대문 앞에 도착했을 땐 자정이 가까운 시간이

었다. 대문은 당연히 잠겨 있었으므로 직원용 열쇠로 드나들 수 있는 뒷문으로 향했다. 뒷문 앞에는 검은 차 한 대가 주차되어 있었다. 주치의 마사토 상의 차였다. 왜 그가 이 시간에? 특별한 일이 아니면 평일 오전에만 진료를 하는 그였다. 유타카가 또 난동을 부렸나 싶어 부랴부랴 마당으로 향했다. 집은 죽은 짐승의 배 속처럼 음습하고 고요하기만 했다. 1층은 불조차 켜져 있지 않았다. 명절이라 집사를 포함해 대부분의 하인들도 본가로 돌아갔을 것이다. 나는 어째선지 불안한 마음이 들어 발소리를 줄였다. 조심스레 뒷마당을 가로질러 현관으로 향하는 찰나, 현관문이 열리고 누군가 걸어 나왔다. 세 사람이었다.

벽에 바짝 붙어 숨을 참았다. 내가 이곳에 있다는 걸 그들에게 들키면 안 될 것 같았다. 그들이 어느 정도 멀어졌을 때, 고개만 살짝 내밀어 정원으로 향하는 뒷모습을 좇았다. 예상한 것과 같이 가네모토와 주치의, 그리고 유타카였다. 유타카는 두 사람에 비해 한없이 왜소해 보였다. 가족이니 이상할 것까진 없지만, 평소에 제대로 된 인사조차 나누지 않는 부자 사이에 난데없이 주치의가 꼈다는 점에서 의문이 느껴지는 조합이었다. 나는 가만가만 걸어 조금 앞으로 나아갔다. 현관의 처마 밑에 몸을 숨긴 채 멀어진 그들을 살폈다. 정원을 가로지른 이들이 향한 곳은 지금껏 신경 써본 적 없는 황량한 구조물, 별채였다. 스산한 쇳소리와 함께 별채의 문이 열렸고, 그들은 안으로 사라졌다.

나는 그림자에서 빠져나와 어둠에 잠긴 집을 바라보고 섰다. 머릿속에서는 이성과 호기심이 치열히 경쟁했다. 별채는 가네모토가 집 안에 두지 못하는 귀중품을 쌓아놓는 창고라고 들었다. 금괴가 든 금고도 저 안에 있다고, 별채의 열쇠를 가진 것은 오로지 그뿐이라고들 했다. 그러니, 괜한 의심을 받지 않으려면 호기심이고 뭐고 내버려두고서 가만히 다락방에 올라가 휴식을 취하는 편이 옳았다. 하나 바로 그 폐쇄성에서 시작된 유혹이 나를 가만 놔두지 않았다. 집사조차 저 안에는 들어가 본 적이 없다고 했다. 쉽사리 선택하지 못하고 망설이던 그때였다. 강한 바람이 불더니, 별채의 철문이 마치 이곳으로 초대하겠다는 듯이 스르륵 열렸다. 그 좁고 긴 건물은 이제 나를 향해 보란 듯 아가리를 벌리고 있었다.

문 너머를 가늠하다가 기이한 점을 깨달았다. 건물 안으로 세 사람이 들어갔는데, 꾸덕한 어둠 안에는 아무도, 아무것도 보이지 않았기 때문이다. 사람이 들어가서 뭔가를 한다면 빛이 있는 게 자연스러웠다. 어둠 속에 가만히 서 있더라도 기척은 있어야 했다. 하지만 그곳에는 아무것도 없었다. 마치 별채 안에서 또 다른 어둠의 영역으로 넘어간 것처럼 증발하듯 사라졌다.

바람이 불 때마다 철문이 삐걱대며 노래했다. 나는 결국 유혹에 굴복해, 문을 향해 나아갔다. 별채의 문에는 걸쇠가 반쯤 걸려 있었는데, 안쪽에서 제대로 잠그지 않아 열린 듯싶었다. 조심스레 안을 들여다보았다. 전등이 꺼져 어두운 내부는 금고가 빼곡했다. 용기를 내어 안으로 들어갔다. 층수는 2층이었는데, 위층은 당장에 사용하지 않는 고급 가구와 도자기들을 넣어두는 공간으로 보였다. 붉은 소파도 이곳에 있을까? 불을 켜 하나하나 살펴본다면 모두 입이 벌어질 만큼 아름다운 것들이겠지만, 어둠에 잠긴 그것들은 그저 희뿌연 약탈품에 지나지 않아 보였다. 나는 공간 안에 또 다른 공간이 없는지 두리번거렸다. 내가 유타카에게 광증이 옮은 게 아니라면, 세 사람은 이 안에 있어야 했다……. 귀신이 곡할 노릇이었다. 파리한 얼굴로 내부를 훑는 와중 어디선가 소리가 들렸다. 비명을 닮은 소리였다.

곧 그 소리가 어디서 들려오는지 알아챘다. 별채의 정중앙, 바닥이었다. 어둠에 적응한 눈은 뒤늦게야 그곳에 작은 문이 있단 걸 알아챘다. 원형의 손잡이가 달린 문이었다. 세 사람은 이 아래로 사라졌음이 틀림없다.

내 모험은 여기서 멈춰야만 했다. 밑의 구조가 어떻게 되어 있는지 몰랐으므로, 이 지하의 뚜껑을 여는 순간 내가 침입했다는 사실을 들킬 수도 있는 것이다. 보통의 지하 공간 문은 천장이니까. 나는 문을 열 생각은 접고서 바닥에 귀를 가져다 댔다. 밑에서 어렴풋한 말소리가 새어 나왔다.

"한 번에, 똑바로 말해."

가네모토의 목소리였다. 다음은 신음. 혹은 비명이 되지 못한 헐떡임. 심장이 방망이질했다. 아래에서 무슨 일이, 두려운 어떤 일이 벌어지고 있었다. 어렴풋한 피 냄새가 올라오는 것 같기도 했다. 문틈 새로 말다운 말보다는 단어의 나열이 이어졌다. 그보다 자주 고통에 찬 신음과 비명이 닿았다. 나는 뒤늦게 감당 불가한 진실의 기운을 느끼고서 주특기인 회피를 위해 돌아섰다. 어서 빨리 이 불길한 공간에서 벗어나야 했다. 애초에 벌어진 문틈으로 몸을 들이민 게 잘못이었다. 그러나 내가 몸을 일으켜 입구를 향해 한 발을 내디딘 순간, 때아닌 강풍이 불어와 별채의 철문이 요란한 소리를 내며 닫혔고 바닥의 소란 또한 멈췄다. 질식할 것만 같은 침묵. 나는 다시 문을 향해 발을 놀렸다. 내가 아무리 움직여도 꼼짝 않는 문손잡이를 흔든 것과 둥그런 지하실의 문이 열리고 피곤한 얼굴의 주치의가 올라온 것은 거의 동시였다. 주치의는 작은 촛대를 들고 있었다. 어둠 속에서 시선이 맞부딪혔다. 주치의가 어이가 없다는 듯 나와 닫힌 문을 번갈아 보았다. 그러고는 마저 올라와 내 앞에 서더니, 철문을 슬며시 밀어보았다. 내가 밀었을 땐 꿈쩍 않던 문이 아주 부드럽게 열렸다. 주치의는 내 나약한 눈동자를 집요하게 응시하며 문을 소리 나게 닫은 뒤, 단단히 걸쇠를 걸어 잠갔다. 넌 나가지 못해. 그렇게 선언하듯이. 그러고는 싱긋 입꼬리를 올려 미소 지었다.

"잘되었습니다. 마침 보조 간호사가 필요했거든요."

마사토 상은 더없이 친절하게 나를 지하로 안내했다.

◆◆◆

그다음에 나에게 벌어진 일을, 내가 목격한 모든 장면과 비이성적인 공기와 무겁고 역한 광기의 행위를 온전히 설명할 수 있을지 모르겠다. 그래도 해보려 한다. 이 글을 한낱 소설이나 때 지난 괴담에 불과하다 여기더라도 상관없다. 망령의 고통과 그의 지난한 복수에 대해서.

그날, 나는 마사토 상을 따라 지하로 향했다. 원형의 문 밑에 자리한 건 나선형 계단으로, 한 바퀴를 빙글 돌며 내려가면 층고가 그리 높지 않은 지하 공간이 펼쳐졌다. 전쟁과 재난을 대비해 건축 시 비상용 벙커로 만든 공간이라고 했다. 그 지하실에 막 발을 딛자 가장 먼저 다가온 건 불쾌한 습기와 피비린내였다. 죽어가는 이의 썩은 피가 아닌, 살아 있고 살고자 하는 자의 생생하고 비린 피 냄새. 지상과 엇비슷한 넓이의 공간 한가운데에는 예의 붉은 물결무늬 소파가 놓여 있었다. 그리고 그 위에 앉아 있는 건…….

"유타카, 한 번에 똑바로 말해야 한다. 그러지 않으면 네가 괴로워."

가네모토가 다그치듯 말했다. 그의 손에는 잘 갈린 의료용 메스가 들려 있었고, 소파 앞의 고급스러운 대리석 원탁 위에는 핏방울이 말라붙은 노트와 청옥으로 만든 만년필이 놓였다. 나는 당최 무슨 일이 벌어지는 건지 이해할 수가 없었다. 어째서 갑자기 나타난 붉은 소파 위에 이 집주인의 외아들이 결박되어 있는지, 왜 그가 적군에게 붙잡혀 고문받는 포로처럼 헐벗은 채로 피를 흘리고 있는지. 그런데 그 고문사가 바로 그의 아버지이자 나의 고용주, 이 고요하고 괴기한 저택의 주인인지를 말이다. 하지만 하나같이 납득하기 어려운 분위기 안에서 가장 이해할 수 없던 건 지하실 바닥에 자욱이 깔린 덤덤함이었다. 가네모토는 약간의 짜증기를 제외하면 밀린 장부를 읽는 것처럼 보일 만큼 태연했고, 그것은 모서리에 놓인 나무 책상 앞에서 소독약과 수술도구를 닦는 마사토 상도 마찬가지였다. 모든 게 너무 일상적이었다. 심지어는 유타카까지도 그랬다. 그는 몸부림치면서 발악하지도, 울부짖거나 공포에 사로잡혀 떨지도 않았다. 흰 허벅지와 팔뚝에 그어진 몇 개의 빗금에서 검붉은 피만이 울컥울컥 새 나올 뿐이었다. 그는 고통스러워 보였지만, 고통에 반발하거나 도망칠 생각이 전혀 없어 보였다. 완전한 포기, 혹은 체념의 상태. 나는 그런 상태의 환자들을 종종 보았다. 그들은 이미 의식 같은 건 저 멀리 떠나보낸 채로 한 걸음, 한 걸음 다가오는 죽음을 지루하게 기다린다. 눈앞의 아이에게서 그들과 같은 덧없음이 느껴진다는 사실이 가장 소름 끼쳤다.

가네모토가 메스를 내려 쥐었다. 그러고는 간다, 하고 말하며 고급 양식집에서 하듯이 유타카의 오른쪽 바깥 허벅지를 매끄럽게 쓱 베어냈다. 비명이 되지 못하고 억눌린 신음이 한발 늦게 귓전을 때렸다. 그 소리는 사실 아주 작았지만 순간 나에게는 무엇보다 파괴적인 사이렌처럼 닿았다. 고통을 참는 이마에 맑은 땀이 송골송골 맺혔고, 소파의 팔 받침대에 고정된 손에 핏줄이 바짝 섰다. 몸에 힘이 들어가자 환부에서는 울컥대며 피가 흘렀다. 유타카의 피가 붉은색 벨벳 소파에 차분히 스며들었다. 이제 보니 소파는 기억 속의 것보다 한결 짙어 보였다.

유타카의 입에 물린 수건 밑으로 침이 흘렀고, 깊은 눈동자는 밑으로 떨어졌다. 나는 어찌할 줄 모르고 목석처럼 굳어 있기만 했다. 도망쳐야겠다는 생각조차 들지 않았다. 모든 것이 혼란한 와중에 이해할 수 없는 장면은 계속되었다. 고개를 떨어뜨린 유타카가 알 수 없는 말을 빠르게 중얼거리기 시작한 것이다.

“대보름, 포목점 가스 폭발, 벚꽃과 개나리, 불꽃과 물 폭풍, 뒤집히는 배, 정이월, 가장자리를 따라서, 미에, 스지오카 나가노현, 츠시, 스와시. 죽음. 많은. 다시 정이월, 흔들리는 땅, 이건 작아. 정이월 바깥, 뒤집히고 부서지는 배들, 소용돌이, 이월, 높은 사람, 어떤 선언이 있어. 난파선, 인육식, 네무로항…….”

가네모토는 메스를 내려놓고서 노트에 그 말들을 빠르게 받아 적기 시작했다. 유타카의 목소리가 작아지거나 말이 멈추는 듯하면 제가 벤 상처 근처를 꼬집거나 후벼 파 고통스럽게 만들었다. 그러면 얼마간의 신음 후에 다시 단어들이 쏟아졌고, 가네모토는 그중 한 단어라도 놓칠세라 관자놀이에 핏줄을 세우며 온 집중력을 발휘했다.

그렇게 얼마만큼의 시간이 흘렀다. 5분인지, 10분인지 혹은 한나절인지조차 전혀 가늠이 불가했다. 지하실의 공기는 축축하고 비리며 탁했다. 차디찬 회색의 시멘트 위로 고통과 광기가 벽지처럼 발려 있었다. 가네모토의 손이 먼저 멈췄는지, 유타카가 입을 다문 게 먼저였는지는 판단할 수 없었다. 다만 어느 순간 그 모든 짙은 비린내와 열기는 가라앉고 황량한 공간에 걸맞은 한기만이 맴돌았다. 가네모토가 탁, 소리가 나게 노트를 닫았다. 대기 중이던 마사토 상이 기다렸다는 듯 다가왔다. 유타카가 밭은 숨을 몰아쉬며 고개를 뒤로 젖혔다. 마사토 상은 나를 향해 나긋이 말했다.

"도련님의 처치를 도우십시오."

"네?"

"당신의 일이지 않습니까."

"네, 네."

여섯 개의 번들거리는 눈동자가 나를 향했다. 나는 무엇에 홀린 듯, 이 공간에서 나에게 주어진 업무를 받아들였다. 눈앞에 상처받은 자가 있었으므로 의사를 도와 그를 치료해야 했다. 피를 닦고 살을 꿰매주어야 했다. 마사토 상이 가리키는 철제 카트를 앞으로 끌어왔다. 그 위에 덮여 있던 앞치마를 매고, 핀셋으로 식염수에 적신 솜을 집어 들었다. 누리끼리한 조명 아래에 마사토 상의 검은 안경테가 섬뜩하게 빛났다. 핀셋을 쥔 손이 보잘것없이 파들파들 떨렸다. 참혹한 상처에 가까이 다가가는 순간, 허공에서 유타카와 시선이 부딪혔다.

이후로도 무수한 환자들과 죽음에 근접한 이들을, 고통에 잠긴 눈동자를 보았지만 그토록 기묘한 얼굴은 다시 보지 못했다. 그는 눈가를 살풋 찡그렸는데, 어째서인지 그게 웃는 것처럼 보였다. 고통과 희열이 공존하는 얼굴. 아주 견고하게 유지되는 어떤 조직의 중심자가 얼결에 딸려 들어온 외부인을 가엽게 여기는 듯한 표정이었다. 나는 이 끔찍한 의식이 얼마나 오랫동안 규칙적으로 이뤄졌는지를 가늠했다. 식염수로 닦아낸 허벅지에는 내가 평소에 볼 일 없었던 무수한 흉들이 자리했고, 둥근 무릎 아래로는 불과 며칠 전 처치한 손톱에 긁힌 상처가 규칙적인 무늬를 이루었다.

내가 상처를 소독하자 이어서 마사토 상이 국

소 마취제를 뿌리고서 상처를 봉합했다. 나는 틈틈이 환부를 닦으며 그의 치료를 도왔다. 젖은 물수건으로 이마의 땀을 닦고, 이가 깨지지 않게 물린 수건 뭉치를 갈아주기도 했다. 보통보다 많은 마취제에 마약형 진통제까지 주사한 탓인지 유타카는 더 이상 고통스러워하지 않았다. 가네모토는 아들의 치료에는 영 무심한 얼굴로 받아 적은 단어들을 골똘히 바라보았다.

총 다섯 개의 절상. 다섯 번의 봉합.

처치가 다 끝났을 때, 유타카는 검은 실밥들 때문에 꼭 각각의 사지를 이어 붙인 것처럼 보였다. 나는 빨간 물감 푼 물을 휘휘 저은 것처럼 붉어진 수술용 장갑을 멍하니 응시했다. 진통제에 취한 유타카는 뜬눈으로 꿈을 꾸고 있었다. 나는 그가 간밤에 무슨 꿈을 꾸는지 처음으로 궁금해졌다. 동시에 구역감이 밀려왔다.

"당신, 앞으로 한 달간 아주 정성 들여 간호해야 합니다. 상처가 깨끗이 아물 수 있도록."

가네모토가 나를 향해 말했다. 그의 눈을 그토록 정면에서 마주하기는 처음이었다. 울렁이는 속을 애써 참고서 고개를 끄덕였다. 그는 내일 아침, 자신의 서재에 들르라고 말한 후 나선형 계단을 올라 지하실을 빠져나갔다. 마사토 상은 여전히 말이 없었다. 그에게 묻고 싶은 게 많았으나 어떤 말이 흘러나올지 두려워 그러지 못했다. 사실은 그보다 유타카를 향해 묻고 싶은 질문들이기도 했다. 우리는 묵묵히 도구를 정리하고 살과 피에 닿은 메스를 소독했다. 마사토 상이 먼저 침묵을 깼다.

"궁금한 게 많겠지만 묻지 마십시오. 알아낸 게 있어도 입에 담지 마십시오. 당신의 일은 오로지 상처의 회복을 돕고 환자를 간호하는 것뿐입니다."

나는 입을 꾹 닫고서 두 번째로 고개를 끄덕였다. 유타카의 흐리멍덩한 눈동자에 반짝 빛이 들었다. 소파에 널브러져 있던 그가 곧 사그라질 법한 목소리로 말했다.

"목이, 말라."

잽싸게 탁상 위에 놓인 투명한 주전자를 그에게로 가져갔다. 유타카는 주둥이를 물고서 꼴깍 꼴깍 물을 삼켰다. 얼마 후, 마사토 상이 다가와 유타카의 팔을 붙잡고 일으켜 세웠다. 유타카는 제대로 서지 못하고 짧게 신음했다. 근육이 손상된 건 아니지만 갓 봉합한 다리는 힘을 주기 어려울 것이다. 마사토 상이 나를 향해 눈짓했고, 나는 그게 유타카를 업으라는 뜻인 걸 알아차렸다. 유타카는 거의 뼈밖에 없는 데다 나는 열아홉 살 여자치고 키가 크고 뼈가 단단한 편이었으므로 누군가 도와준다면야 못 업을 것도 없었다. 호스피스 병동에서 하루에 수백 개의 시트를 빨고 오물통을 옮기던 체력이 빛을 발했다. 마사토 상이 등에 유타카가 업히는 걸 도왔다. 그가 먼저 나선형 계단을 올라 문을 열어주었고, 나는 불덩이 같은 유타카를 등에 업은 채 한 발, 한 발 지상으로 향했다. 유타카가 호흡할 때마다 그 숨결이 목덜미에 닿았다. 내 어깨에 걸친 팔은 죽은 사람의 것처럼 맥아리 없이 흔들렸다.

별채를 나오자 서늘한 새벽의 공기가 정신을 일깨웠다. 저 지하에서 벌어진 일이 마냥 꿈처럼 느껴졌으나, 등의 유타카와 가시지 않는 피비린

내가 바로 꿈이 아니라는 증거였다. 마사토 상이 별채 문을 걸어 잠그는 소리가 들렸다. 나는 정원을 돌아 현관을 통해 2층으로, 유타카의 방으로 향했다. 그 지저분하고 음침한 공간에 유타카를 눕혔다. 물수건으로 얼굴의 땀을 닦아줄 때였다. 갑작스레 정신이 든 듯, 유타카가 번쩍 눈을 떴다. 그리고 정확히 나를 향해 중얼거렸다.

"1945, 일본 패망. 패망, 패망. 불기둥."

◆◆◆

유타카가 지하실에서 중얼거린 단어의 나열이 무엇을 뜻하는지는 시간이 지나며 자연스레 알게 되었다. 그해 2월, 시내의 가장 큰 포목점에서 가스 폭발 사고가 일어나 점원 세 명과 고객 한 명이 숨졌다. 23일, 일본의 내각총리가 비상시국을 선언했고 한 달 뒤, 서해안에서 무역선이 좌초되었다. 구조 작업을 벌였지만 대부분의 선원은 익사했으며, 값비싼 무역품 역시 해저로 가라앉았다. 가네모토의 무역품은 그 안에 없었다.

정이월은 12월을 뜻하는 한자어다. 12월 7일, 진도 7.9의 도난카이 대지진이 발생했다. 흔들리는 땅. 천 명이 넘는 사람들이 죽고 그보다 많은 건물들이 무너졌다고 했다. 주요 피해 지역은 미에현 츠시와 스지오카 나가노현의 스와시. 유타카가 내뱉은 지명이다. 12월 19일, 조선과 중국의 국경에서도 진도 6.8의 지진이 발생했다. 다행히 피해는 크지 않았다. 지진 다음에는 태풍이 이어졌고, 먼바다의 배들이 전쟁에 영향을 줄 만큼 난파되었다는 소식이 들어왔다. 일본에서는 조난한 선원이 살아남기 위해 다른 선원을 살해한 후 먹은 사건이 발생했다. 인육식. 조난한 징용선이 출항한 곳은 홋카이도 네무로항이었다.

나는 마사토 상의 말대로 먼저 묻지 않았다. 시간이 지날수록 굳이 묻지 않아도 알 수 있었다. 가네모토가 유타카의 살을 베고, 상처가 벌어져 그 사이로 피가 흘러나오고 고통이 심해지면, 유타카는 단편적인 미래를 볼 수 있었다. 아주 가깝거나 아주 먼 미래의 사건들을 목격할 수 있었다. 재난이나 사고일 때도, 갑작스러운 정세의 흐름이나 전쟁의 결과일 때도 있었다. 지극히 개인적이거나 하등 상관없는 타인의 미래일 때도 있었다. 가네모토가 놀라울 만큼의 사업 수완을 유지하는 데에는 분명 전부는 아닐지라도 유타카의 예지력이 어느 정도 영향을 끼쳤을 것이다. 사업뿐만 아니라 스스로의 목숨을 보전하는 데에도 마찬가지였다. 그는 폭발 사고가 난 포목상의 단골이었는데, 사고가 나기 얼마 전부터 심부름꾼을 통해서만 옷감을 사고 옷을 맞췄다. 심부름꾼은 폭발 사고 때 죽었다. 11월, 그는 예정된 나가노현 출장을 취소했고 12월 도난카이 대지진이 일어났다. 그런 식이었다. 불행과 큰 재난을 비껴가는 그의 능력은 그저 행운이 아닌, 어린아이의 살을 베어내 얻은 결과였던 것이다.

언제부터였을까? 이 끔찍한 고문이자 의식은 언제부터 이루어진 것인가?

제 자식을 향해 메스를 드는 그가 역겨웠다. 하지만 나라고 마냥 결백한 건 아니었다. 어쩌면 별채에 발을 들이고, 그들이 보는 앞에서 유타카의 상처를 닦아준 순간부터 공범이 된 건지도 모른다. 그 일이 있고 다음 날, 나는 가네모토의 호출에 응접실로 향했다. 그만두겠다고 말할 참이었다. 내가 채 입을 열기도 전에 그가 나에게 돈다발을 내밀었다. 태어나서 한 번도 쥐어본 적 없는 큰돈이었다. 그는 지금처럼만 해주면 된다고 말했다. 조용히, 간호할 것. 작고 음침한 아이의 몸을 보살필 것. 나는 돈 때문에 일본의 공장에 가겠다는 여동생을 떠올렸다. 징용을 나가서 생사를 모르는 큰오빠와 아버지를 떠올렸다. 이 돈이라면 그들의 소식을 알고 여동생을 붙잡을 수 있었다…….

내 안의 비겁한 얼굴이 당당히 고개를 치켜들었다. 그러고는 마음의 귀에 유혹적인 말들을 속삭이는 것이다. 지난밤의 심장을 까발리며, 부추기는 것이다. 너의 일은 그 불쌍한 아이를 그나마 숨 쉴 수 있게 치료하는 것이잖아? 어제, 별채에서 개를 업고 나와 첫 숨을 들이마셨을 때 네가 무슨 생각을 했는지 기억나지 않아? 아,

칼날이 나를 향하지 않아서 다행이다. 그뿐이었잖니?

가네모토의 호화스러운 응접실에서 나오자마자 나는, 누가 볼세라 그 거금을 옷소매에 단단히 숨겼다. 그날 저녁 곧바로 집에 편지와 함께 돈을 부쳤고, 업자에게 연락해 아버지와 큰오빠의 생사 확인을 의뢰했다. 가능하면 돌아오게 해달라고도. 당장에 급한 일을 처리하고도 돈은 남았다. 나는 돈을 갈기갈기 찢고 싶으면서 동시에 입안으로 처넣어 삼키고 싶었다. 누구도 나에게서 뺏어갈 수 없게, 오로지 내 것으로 만들고 싶었다.

더없이 비참한 기분으로 볼일을 마치고 돌아오는 길, 붉은담장집으로 향하는 길목 어귀에서 땅콩빵 수레를 발견했다. 달콤하고 고소한 밀가루 냄새가 코를 간질였다. 그 피 칠갑을 보고서도 식욕이 돈다는 것이 참담했고, 또 유타카를 떠올리는 스스로가 우스웠다. 남은 돈으로 땅콩빵을 조금 샀다. 그리고 얼어붙은 길을 조심조심 걸어 직원용 출입구에 도달했다. 뒷마당을 가로질러 현관으로 향했다. 유타카의 상처를 드레싱할 시간을 계산하며, 가파른 계단을 숨죽여 올랐다. 명절 다음 날이었음에도 붉은담장집은 수도원처럼 고요했다. 그렇게 2층 복도 앞에 섰을 때, 내 앞에 놓인 풍경은…….

"왔어?"

유타카가 헐렁한 바지를 걷어 올려 약물과 피로 누레진 거즈를 내보이며 말했다.

"너무 쓰라려. 약 좀 줘."

그의 얇은 손목에는 메스 대신 조악한 과도가 들려 있었고, 폭이 넓지 않은 복도의 곳곳에는 배가 갈린 물고기와, 그 내장과, 꼬리를 늘어뜨린 들쥐 몇 마리와, 산산이 깨진 생물 표본 통, 회색빛 양서류, 딱딱한 도롱뇽, 핀이 박힌 곤충들, 구겨지고 갈기갈기 찢긴 해부학책, 알 수 없는 동물의 척추뼈와 한 무더기의 고통이, 엉망진창으로 널려 있었다.

나는 그가 난장 쳐놓은 복도를 지나 앞으로 다가갔다. 흰 양말에 포르말린 용액과 들쥐의 피가 묻었다. 그에게 땅콩빵 봉투를 건네고, 손목을 붙잡아 방 안으로 밀어 넣었다. 유타카가 큰 눈을 깜빡였다. 지금은 그를 제대로 마주 볼 자신이 없었다.

"약은 없어. 마약성 진통제는 한 번에 적정량 이상 복용하면 안 돼. 살이 무사히 붙는 과정은 살이 찢어지는 순간만큼 괴로워. 치료란 원래 고통을 견디는 과정인 거야. 그러니 기다려."

나는 미닫이문을 닫고서 묵묵히 복도를 치우기 시작했다. 미닫이문 너머로 종이봉지가 바스락거리는 소리가 들렸다.

◆◆◆

유타카가 집을 나간 건 도난카이 대지진이 벌어지고 한 달 후, 1945년의 첫 달을 맞이했을 때였다. 별채의 지하실에 엮이게 된 이후로 1년이 조금 넘게 지났다. 그사이, 나는 별채의 지하실에서 세 번의 새벽을 보냈다. 유타카가 고통받는 걸 보고, 유타카의 처치를 돕고, 간호했다. 유타카의 방언은 정확하게 맞아떨어졌다. 가네모토는 요즘 언제 일본으로 돌아가는 게 좋을지를 고민하고 있었다.

유타카의 예언에 의하면, 일본은 곧 패망한다. 라디오나 각종 보도 자료에서는 여전히 일본이 전쟁에서 아주 우세하다는 내용뿐이었지만, 암암리에 수세에 몰렸다는 이야기가 나돌았다.

그즈음의 가네모토는 유타카의 예언을 단순히 참고하는 지경을 넘어서서 완전히 맹신하고 있었다. 그도 그럴 게 작년에만 무려 두 번이나 목숨을 건진 셈이었다. 그는 자신의 외아들이 완전히 자신에게 사로잡혀 있다고 믿었고, 이제 열일곱이 된 유타카가 바깥에서는 홀로 무엇도 할 수 없는 백치라고 생각했다. 그 나이 먹도록 나가려는 시도 한번 없이 담장 안에서 머문 게 바로 그 증거였다.

예외의 날은 갑작스레 찾아왔다. 지하실에서 새벽을 난 바로 다음 날이었다. 유타카는 이번에도 짤막한 단어들을 빠르게 쏟아냈고, 나 역시 바닥에 고개를 처박은 채 그중 몇 개를 주워들었다. 평소와 다르게 가네모토는 한껏 초조해 보였다. 언제까지고 이곳에서 착취와 약탈로 부를 이어갈 수 있을 거라고 생각한 걸까? 그는 단어를 쏟아내는 유타카를 향해 닦달했다. 더 많은 단어를, 더 구체적인 숫자를 요구했다. 유타카의 단어들은 그가 흘린 피와 그가 느낀 고통에 비례해 나오는 것이었다. 결국 보다 못한 마사토 상이 가네모토를 말렸다. 평소보다 결과가 만족스럽지 않은 듯, 가네모토는 일주일 후 다시 해보자는 말을 남기고 지하실을 빠져나갔다.

나는 밤새 유타카의 옆에서 그를 간호했다. 그러다 깜빡 졸아 새벽에 눈을 떴다. 아직 동이 트기까지는 한두 시간이 남아 있었다. 언제 깬 건지 유타카가 상체를 일으켜 앉아 벽장에 기댄 나를 빤히 바라보고 있었다. 이전이었다면 공포에 떨었을 상황이겠지만, 나는 이제 그가 그다지 두렵지 않았다. 어둠 속에서 눈을 깜빡이자 유타카가 입을 열었다. 한 번도 하지 않았던 자신의 이야기였다.

"처음 다친 건 유곽에서 심부름 돈을 빼돌려 매를 맞은 날이었어. 등에 피가 비치도록 맞았는데, 귀신 들린 것처럼 나도 모르게 단어들이 쏟아졌고 눈앞에 내가 겪지 않은 장면들이 스쳐 지나갔지. 그리고 그것들은 머지않아 실제로 이루어졌어. 언제, 어느 가게에 불이 난다든가, 전염병이 유행한다든가, 어떤 음식이나 장신구가 유행하게 된다든가. 나는 그 일이 너무 신기해 주위에 마구 말하고 다녔고, 어머니는 확인을 해 보겠다며 바늘로 내 손등을 찌르곤 했어. 그때 본 장면 중에는 어머니가 낯선 남자를 따라 배를 타고 떠나는 장면도 있었는데, 나는 손등이 그만 아팠으면 싶어서 내가 본 장면에 살을 붙여 어머니가 원하는 말을 들려주었어. 그 남자는 아주 부자고, 우리는 붉은 담장이 있는 호화로운 집에서 편히 살게 된다고 말이야. 어머니는 박수를 치며 좋아하셨어. 그게 내 첫 실수야. 얼마 후, 가네모토가 찾아왔어. 아마 소문이 퍼졌겠지. 그는 어머니에게 사랑한다고 말하고, 함께 조선에 있는 담장이 높은 집에서 살자고 제안했어. 내 가짜 예언과 딱 맞아떨어지도록. 하지만 그건 사실 누구나 꿈꾸고 누구나 듣고 싶어 하는 말이기도 하잖아? 예언이 아니었어도 어머니는 가네모토를 따라갔을 테고 말이야. 하지만 가네모토가 나를 찾아온 건, 손등을 찌르거나 채찍을 맞으면 미래가 보인다는 소식을 접하게 된 건 전부 나의 입 때문이지. 애초에 내가 아무 말도 하지 않았다면, 신기하다는 가벼운 감상에 흥분해서 지껄이지 않았다면 나는 이곳에 없었을 거야."

나는 그의 말을 자르고 물었다.

"스스로를 탓하면 마음이 좀 편해져?"

"자해는 내 취미야."

"유별난 취미네. 욕망에 눈이 먼 가네모토가 끔찍한 짓을 가하는 건 그가 천성이 잔인하기 때문이지, 네 입이 가벼워서가 아니야."

"나도 머리로는 알아. 하지만 받아들이는 건 다른 문제야. 나는 너무 오래 이렇게 지냈어. 내 안에 남은 건 이제 익숙한 고통과, 아직 벌어지지 않은 모든 장면과…… 때를 기다리는 마음뿐이야."

"때를 기다리는 마음?"

"내 입으로 시작했으니, 입으로 끝낼 수 있어. 나는 뭔가를 기다리고 있어."

언젠가 유타카가 속삭였던 말이 스쳐 지나갔다. '아버지는 내가 죽일 거야.' 그때였다. 유타카가 왼손을 제 오른팔로 가져가더니, 애써 처치해 놓은 상처를 손가락으로 후벼 팠다. 매끄러운 얼굴이 고통으로 일그러졌다. 눈동자는 정확히 나를 향했다. 나는 당황해 그를 붙잡아 왼손과 오른팔을 떼어냈다. 뭐 하는 짓이냐고 외치자 유타카는 속삭였다.

"잠깐 들여다봤어. 당신은 이 집에 살게 될 거야."

그런 다음, 가볍게 덧붙였다.

"내가 죽고 난 후에."

그로부터 한 시간 후, 약품과 거즈가 다 떨어져 잠시 외출한 사이 일이 벌어졌다. 모두가 분주한 오전이었다. 유타카는 현관에 한참을 웅크려 있더니 때가 되었다는 듯, 어느 순간 힘껏 달려 나갔다. 상처투성이인 다리와 양팔을 휘저으며 달음박질했다. 아무도 그 용기 없는 광증의 도련님이 집을 나섰다는 걸 알지 못했다. 그는 너무 오래 안에만 있는 사람이었으니까. 유타카는 골목을 내리 달려 개통한 지 불과 일주일밖에 되지 않은 터널 앞에 도달했다. 본래 산으로 막힌 도로였으나 항구까지 운송을 용이하게 하기 위해 굴을 파 도로를 이은 곳이었다. 유타카는 가뿐하게 도로를 가로질렀고, 빠르게 다가온 군량미 운송 차량에 부딪혀 허공을 날았다. 나는 그 애가 드높이 떠오르는 걸, 맞은편 도로에서 바라보았다. 허공에서 찰나 시선이 부딪쳤다. 아니, 어쩌면 그건 내 착각일 수도. 시공간을 초월한 듯, 아주 느리고 동시에 너무 빠른 찰나였다. 나는 손에 든 약품 봉투를 떨어뜨리고 바닥에 처참히 널브러진 그 애 앞으로 다가갔다. 피, 피, 온통 피였다. 유타카에게서 흘러나온 엄청난 피가 바다를 이루었다. 사방에서 사람들이 몰려들었다. 나는 이상하게 뜨거운 그 애를 붙잡고 숨을 확인했다. 아직 붙어 있었다. 박동하는 심장 소리. 옅은 숨. 그리고…… 목소리.

유타카는 자신이 본 것을 절대 잊어버리지 않

겠다는 듯, 반복해서 중얼거렸다.

"히로시마, 나가사키, 히로시마, 나가사키. 8월."

5

꿈은 갈수록 끔찍해졌다. 그 안에서 외증조모는 고문의 방관자이자 협력자였고, 유일한 간병인이었다. 그 기괴한 꿈이 과연 어디까지가 진실이고 가짜인지는 판단할 수 없었다. 사실 나는 전부 아무런 상관이 없었다. 수십 년 전에 외증조모가 무슨 일을 겪었든, 지금 이 순간 나에게 가장 중요한 것은 깊은 잠과 안식뿐이었다. 정말이지 피곤한 나날이었다. 잠을 자는 시간은 갈수록 길어지는데 일어나서는 잘못된 약을 먹은 것처럼 머리가 깨질 듯 아프고, 전신에 아무런 힘도 들어가지 않았다. 거기에 환청과 환시까지 이어지자 미칠 것 같았다. 어쩌면 이미 미쳐버렸는지도 몰랐다.

눈을 뜨면 내가 있는 곳이 어디인지 먼저 파악해야 했다. 뿌연 조명등 대신 희뜩한 얼굴이 나를 내려다보고 있을 때가 더 많았다. 윈인 모를 피와 매캐한 재 냄새가 가시질 않았으며, 피곤함에 눈을 감으면 곧바로 얼굴을 훑는 차가운 손길이 느껴지곤 했다. 화장실 거울 속의 나는 주로 피 묻은 간호복을 입고 있었다. 비명을 지르며 몸을 더듬으면 그제야 원래의 내가 보였다.

어디부터가 꿈이고, 어디까지가 현실인 걸까? 나는 박준영인가, 현운주인가? 모든 게 헷갈렸다. 매일같이 짜증을 내고 제대로 된 일상조차 영위하지 못하는 나를 남편은 조금의 짜증도 없이 정성껏 보살폈다. 늘 그랬듯이.

한편으로는 미심쩍었다. 그는 어떻게 그리 헌신적일 수 있는 걸까?

오늘도 마찬가지였다. 이제 그날이 그날 같고 오늘이 어제 같아 하루 종일 무엇을 하며 보냈는지조차 희미하다. 기억나는 건, 꼼꼼하게 암막커튼이 쳐진 안방에서 나온 게 오후 두 시가 훌쩍 넘은 시간이었다는 것이다. 그다음 뭘 했더라? 씻고, 정원을 좀 걷고, 멍하니 뭐라고 중얼거리는지 알 수 없는 노트북 화면을 응시하다가, 번역

마감을 지키지 못해 담당자에게 한 소리를 듣고, 간만에 전화한 엄마와 짧은 대화를 나눴다.

목소리가 왜 그 모양이냐며, 집 안 꼴을 좀 봐야겠다고 하길래 오지 않아도 된다고 답했다. 엄마가 온다고 뭔가 해결되는 상태가 아니었다. 잔소리에 머리만 아파질 게 분명했다. 전화를 끊었더니 남편이 와 있었다. 얼마 전에 2박 3일로 필리핀에 다녀온 그는 들뜬 목소리로 말했다.

"자질구레한 사업들도 마저 정리했어. 이제 슬슬 리모델링 업체 찾아보자. 이렇게 임시로 수리하는 것 말고, 요즘 유행하는 스타일로 말이야."

"그래, 찾아보자."

남편이 유자차를 타 건넸고, 우리는 거실에서 함께 노트북으로 인테리어 업체 후기를 보았다. 그러다 또 불쑥 잠이 들었다. 중간에 남편이 어깨를 두드리며 피곤하면 방에서 자라고 속삭인 기억이 난다. 지금이 몇 시길래 이렇게 졸린 걸까……. 그러나 시간을 확인할 힘조차 없을 만큼 피곤했다. 쏟아지는 잠기운을 막을 길이 없어 그대로 몸을 맡겨버렸다. 아마 남편이 업어 침대에 내려주었을 것이다. 그렇게 달콤한 잠 속으로 빠지는가 싶었는데 그것이 나타났다.

빌어먹을 유령.

끔찍한 과거의 꿈으로부터 벗어나 간만에 깊은 잠을 유영하던 중이었다. 어떤 잠은 바닥이 보이지 않는 심해, 혹은 스스로의 움직임조차 감지할 수 없는 우주 한복판 같다. 그렇게 영영 무가 되고 싶다고 생각했다. 잠의 바다는 포근했다. 천근만근 무거운 몸은 계속 저 밑으로, 밑으로 가라앉았다. 그렇게 모든 걸 놓아버린 순간 허벅지를 칼로 죽 베어내는 선명한 고통이 느껴졌다. 나는 그 섬뜩한 감각에 비명조차 지르지 못하고 발작하듯 눈을 떴다.

전신이 식은땀으로 범벅이었다. 조금 전의 고통은 온 데 간 데 없었다. 외증조모가 나오는 꿈 때문인가? 하지만 기억의 재생을 넘어 물리적인 고통이 느껴진 건 처음이다. 붉은 살을 드러내며 피를 철철 흘리고 있을 줄 알았던 피부는 깨끗하기만 했다. 지끈거리는 관자놀이를 붙잡고 휴대폰을 확인했다. 저녁 열 시였다. 침대 옆에 남편은 없었다. 보통 사람이 자기에는 조금 이른 시간이긴 했다. 나는 앓는 소리와 함께 침대에서 일어섰다. 침실 문턱 너머에 유령이 서 있었다.

가네모토 유타카. 꿈속의 소년이자 현실의 망령이었다.

두렵지는 않았다. 죽은 자는 가여울 뿐이지, 두려운 존재가 아니었다. 더군다나 지금은 불쌍하기는커녕 짜증스럽기만 했다. 나는 낯선 존재를 지그시 내려다보았다. 알고 싶었다. 왜 계속 내 앞에 나타나 잠을 방해하고 괴롭히는지. 이것을 통해 얻고자 하는 게 뭔지. 복수일까? 자신의 살을 벤 현장에 있는 모두를 향한? 아직 살아 있는 모두를 증오하게 되었나? 그래, 바로 그것이다. 소년은 너무 고통스럽게 죽은 나머지 악령이 되어 끊임없이 저주를 내리고 산 사람을 말라 죽이며 이 집 자체가 된 것이다.

내가 이곳에 들어와 미치기 시작한 것도 그렇게 따지니 말이 되는 것 같았다. 하지만 여전히 외증조모의 유언은 이해가 가지 않았다. 왜 이 집에 들어와서 살아야 한다고 한 걸까? 외증조모는 사실 나를 증오했던 건가? 그렇게밖에 생각할 수 없었다. 아니면 유언마저 다음 희생자를 끌어들이기 위해 유령이 저지른 장난질에 불과하거나.

이미 돌아가신 외증조모가 원망스러웠다. 잡다한 생각이 불꽃놀이처럼 산발적으로 떠올랐다 사라졌다. 모순과 진실이 부딪혀 서로를 갉아먹었다. 결과적으로 어떤 사고도 깊게 나아가지 못하고 짜증만이 가득한 상태가 되었다. 유령은 여전히 사라지지 않고 뻔뻔하게 존재했다. 나는 망령을 향해 일갈했다.

"나는 외증조모가 아니야."

망령은 답하지 않았다. 대신 뼈만 있는 듯 가느다란 팔을 들어 어딘가를 가리켰다. 어둠에 잠긴 부엌이었다.

"나보고 어쩌라는 거야?"

의도하는 바가 명확한 손짓이었다. 소년을 노려보길 한참, 결국 복도로 나가 까마득한 그곳을 바라보았다. 어디선가 바람이 불어온 것처럼 싱크대 위의 수납장이 소리 없이 열렸다. 아직 수리를 하지 않아 20년 전 외증조모의 취향대로 옥색 시트지가 발린 수납장이었다. 유령은 내가 그 앞으로 가기 전에는 절대 사라지지 않을 모양새였다. 기다렸다는 듯 갈증이 찾아와 순순히 부엌으로 향했다. 뒤돌아보았을 때 유령은 사라지고 없었다.

물병째로 찬물을 들이켜자 정신이 좀 들었다. 남편은 어디에 있지? 편의점에 갔나? 뒤늦게 저녁도 먹지 못했다는 사실이 떠올랐다. 함께 밥다운 밥을 먹은 지도 한참이다. 늦은 시간이지만, 내일 먹을 찌개를 끓여두면 좋을 것 같아 부엌에 남은 식재료들을 확인했다. 그러다 수납장에 시선이 닿았다. 수납장의 문틈은 어리석은 자를 유혹하듯 아주 가느다란 틈만을 내보였다. 잠시 그 틈을 노려보다, 수십 년은 되었을 낡은 소라 모양 손잡이를 붙잡아 활짝 열었다. 누리끼리한 부엌의 불빛 아래 잡다한 식료품들이 드러났다.

뚜껑이 끈적해진 유자청, 소형 포장된 딸기잼과 베트남에서 온 치킨스톡, 태국에서 온 건망

고와 일본 컵라면들, 유통기한이 지난 후리카케, 참치와 과일 통조림 몇 개. 그리고…… 낯선 약통에 든 수면제 한 통.

나는 흰 플라스틱 원통을 오랫동안 관찰했다. 그것을 자세히 살피면 잘못된 장소에 놓인 존재의 오류를 수정할 수 있다는 듯이. 평범하게 불투명하고 매끄러운 통의 겉면에는 낯선 이름의 종합병원 이름과 1회 복용 시 적정량이 친절하게 프린트되어 있었다. 병원은 적산가옥에서 멀지 않은 곳이었다. 뚜껑을 열어 알약의 모양도 살폈다. 어떤 특색도 찾아보기 힘든, 희고 둥근 알약이었다. 수면제가 아닐 수도 있지 않나? 수면제 통에 들어 있는 진통제나 소화제일 수도 있잖아? 그럴 것이다. 그래야만 했다. 나는 수면제를 처방받은 적이 없다. 잠을 못 자는 게 아니라 너무 많이 자는 게 문제이기 때문이다. 그렇다면 이 수납장의 알약은 남편의 것이라는 말이 된다. 최근에 잠을 잘 못 자나? 그 또한 그럴 수 있다. 그는 워낙에 자주 해외 출장을 다녔고, 불면증은 사업하는 이들에게 흔한 고질병이다.

하지만 그의 복용 사실을 내가 여태 몰랐다는 건 이상하다. 최대한 이성적으로 납득하려 해도, 어딘가 찝찝한 기분을 지울 수가 없었다. 알약을 하나 혀 위에 올렸다가 버렸다. 진짜 수면제라 또다시 잠든다면 낭패였다. 대신 빼곡한 수납장을 샅샅이 뒤졌다. 남편이 재고 창고에서 가져와 쌓아둔 온갖 세계 과자와 수입 식료품들을 꺼내 늘어놓았다. 포장도 채 뜯지 않은 더치커피팩 뒤에서 약통이 하나 더 나왔다. 반투명한 갈색의 유리병에는 아무런 표시도 없었다. 수면제와 유일한 차이라면 필름코팅 된 납작한 표면에 AC, EP라고 식별 표기가 되어 있다는 점이다. 휴대폰으로 비슷한 의약품이 있는지 검색했다. 어렵지 않게 찾을 수 있었다. 머렉스정, 처방받아야 살 수 있는 중추성 근육이완제였다.

효능 · 효과

1. 근골격계질환에 수반하는 동통성 근육 연축
2. 신경계 질환에 의한 경직성 마비

주의사항

- 졸음이 올 수 있으므로 운전, 위험한 기계 조작 시 주의
- 발진, 발적, 가려움증 등의 증상이 나타날 경우 전문가와 상의 요망
- 과량으로 투여하지 않도록 주의

첫 번째 주의사항이 유독 거슬렸다. 졸음이 올 수 있으므로. 나는 남편이 한 번이라도 근육 통증을 호소한 적이 있는지를 떠올렸다. 없었다. 단 한 번도 없었다. 그는 타고나길 건강한 사람이었다. 흔히 걸리는 독감이나 몸살조차 그는 피해 갔다. 적어도 그를 알게 된 이후로는 늘 그랬다.

아니면 혹시 병에 걸린 걸까? 내 상태가 좋지 못해 아직 말하지 못했나? 갖가지 상상들이 저만의 지도를 그려나갔다. 그중 무엇도 납득 가능한 결론에 도달하지 못했다. 나는 불현듯 잠으로 도망치고 싶은 충동을 느꼈다. 전부 유령 때문이다. 유령이 나에게 이것을 보여주어서 이렇

게 고통스럽고 혼란한 것이다. 그 단순한 1차원적인 원망의 끝에 당연한 질문을 마주했다. 왜? 유령이 나에게 이 수납장을 가리킨 이유는 무엇인가? 숨은 의도가 있을 수도, 아무 의도 없는 악한 장난질일 수도 있겠으나 지금 당장은…… 꼭, 유령의 경고처럼 느껴졌다.

갑작스레 초인종이 울렸다.

대문 바깥에서 울리는 소리였다. 오후 열 시 반이었다. 누군가 찾아오기엔 너무 늦은 시간이다. 나는 당연히 별채의 비명과도 같은 환청이라고 생각했다. 반응하지 않자 벨 소리는 더욱 빠르게, 발작하듯 울렸다. 귀를 틀어막고 인터폰을 확인했다. 최소한의 수리만 했지만 거주하는 이상 치안은 중요했기에, 인터폰과 CCTV는 돈을 써서 좋은 걸 달았다. 당연히 아무것도 없거나 유령이 알짱거리고 있을 줄 알았던 화면에는 외국인처럼 보이는 작은 체구의 낯선 여자가 서 있었다. 여자가 스피커에 얼굴을 바짝 가져다 대고는 물었다.

"우형민 씨 계십니까?"

답하지 않았다. 혹여 아주 작은 숨소리라도 새어 날까 싶어 양손으로 입을 틀어막았다. 우형민은 남편의 이름이었다. 발소리를 죽여 집 안을 살폈으나 남편은 어디 갔는지 보이지 않았다. 문자라도 남길 심산으로 휴대폰을 찾았다. 여자는 계속 물었다. "우형민 씨 계십니까? 우형민 씨 계십니까?" 돌아오는 답변이 없음에도 고장 난 기계처럼 집요하게 같은 문장을 반복했다. 네가 이 안에 없을 리가 없다는 듯이.

두 개의 약통과 여자. 서로 관련이 있을까? 어쨌든 그것들은 내가 들여다본 적 없는 남편의 영역에 있었다.

여자는 쉽게 사라질 것 같지 않았다. 휴대폰을 어디에 뒀는지 헷갈려 한참을 찾았는데 주머니에 있었다. 까만 화면에 퀭한 얼굴이 비쳤다. 일어난 지 얼마나 되었다고 피로가 몰려왔다. 휴대폰을 쥔 손등에 울긋불긋한 붉은 반점이 피어난 게 보였다. 근육이완제의 두 번째 주의사항이 떠올랐으나, 애써 털어냈다. 어렸을 때부터 면역력이 떨어지면 피부가 뒤집히던 나였다.

경찰과 남편 중 저울질하다 남편에게 전화를 걸었다. 통화 중이라는 신호만 이어졌다. 다시 한번 초인종이 울리고, 한번 꺼진 인터폰에 도로 여자가 나타났다. 여자는 대문에서 한발 떨어지더니, 가방을 뒤져 뭔가를 꺼냈다. 하트 패턴의 에나멜 장지갑이었다. 그 안에서 명함을 꺼내 카메라 앞에 들이밀었다.

"치움생활에서 나왔습니다. 일일 방문청소 신청하셨죠, 우형민 씨?"

아, 청소.

뒤늦게 집 안 상태가 눈에 들어왔다. 너저분하기 짝이 없었다. 요즘 들어 집안일을 제대로 하지 못했으니 당연했다. 허탈했지만 동시에 안도했다. 남편이 부른 것이라면 이해가 간다. 내가 아무 일도 못 하는 요즘, 그 혼자 다락이 딸린 2층 고택을 가꾸는 건 무리였을 것이다. 그래도 이토록 늦은 시간 홀로 있는 집에 낯선 이를 들인다는 건 내키지 않았다. 남편에게 물어보자. 그사이에 돌아가면 어쩔 수 없는 거고. 메시지를 먼저 남기고 다시 전화를 걸었다. 신호가 연결되었다. 곧장 전화를 받은 남편은 잠시 캔 맥주를 사러 마트에 왔다고 말했다.

"혹시 방문청소 신청했어? 누가 집 앞에 와 있는데."

"방문청소? 그런 적 없는데."

"없다고?"

"응, 주말에 같이 대청소하면 되지, 굳이 업체를 왜 써?"

"하지만 사람이 기다리고 있어."

남편이 불안한 목소리로 물었다.

"문 열어줬어?"

"아니."

"잘했어. 금방 갈 테니까 문 열어주지 말고 있어. 그런데 혹시 어떻게 생겼어?"

"여자야. 외국인인 거 같아."

남편이 전화를 끊었고, 인터폰으로 시선을 돌린 나는 깜짝 놀라 비명을 지를 뻔했다. 여자가 스피커에 바짝 귀를 대고 있었다. 호출 버튼을 누른 채로 여자가 물었다. "안에 계십니까, 우형민 씨?" 갑작스러운 불청객의 등장에 약통은 뒷전이 되었다. 이 집에 들어와 살게 된 이후로 온통 이상한 일뿐이다. 나는 휴대폰에 112를 띄워 놓고 초조하게 인터폰 화면을 주시했다. 여자는 생각보다 앳돼 보였다. 20대 초반이나 되었을까. 어쩌면 애꿎게 성실한 노동자를 의심하는 것은 아닌가 싶기도 했다.

'거의 다 왔어.'

남편의 메시지가 도착하고 얼마 지나지 않아 인터폰에 익숙한 실루엣이 나타났다. 한 손에 근방의 마트 봉투를 든 그가 여자를 향해 무슨 일이냐고 물었다. 여자가 덤덤히 뒤돌아보았고, 나에게 그랬듯이 업체에서 나왔다고 설명했다. 그러고는 메고 있던 가방을 뒤졌다. 명함을 보여주기 위해서일 테다. 나는 계속 스피커 버튼을 누르고 있었다. 남편은 손을 내저으며, 신청한 적 없으니 가라고 말했다. 여자는 계속 가방을 뒤적였다. 남편이 아니, 가라니까요. 하고 짜증을 내며 문 쪽으로 다가왔다. 작은 인터폰 화면에 두 사람이 가득히 찼다. 여자가 불쑥 고개를 들어 남편을 올려다보았다. 그런 다음, 가방에서 꺼낸

식칼을 들고 남편을 향해 돌진했다.

알아들을 수 없는 타국의 언어. 남편의 욕설, 마른 나뭇잎이 바스락거리는 소리, 비명.

한 가지 확실한 건, 여자가 남편을 향해 정확한 한국어로 '살인자'라고 말했다는 것이다.

◆◆◆

무슨 정신으로 경찰에 신고를 했는지 모르겠다. 휴대폰을 쥔 나는 그러면 안 된다는 걸 알면서 문을 열었고, 대문 계단 앞에서 나뒹굴고 있는 두 사람을 발견했다. 칼은 저만치 떨어져 있었다. 남편은 오른쪽 팔뚝과 옆구리에서 피를 흘렸다. 몸싸움에서 진 여자는 바닥을 기며 떨어진 칼을 찾아 헤맸다. 그녀는 울고 있었다. 얼굴의 다른 근육은 그대로 굳힌 채, 오로지 큼지막한 눈에서만 누수된 수도관처럼 물줄기가 흘렀다.

삐걱거리는 몸으로 여자가 칼을 붙잡지 못하도록 달려갔으나 한발 늦었다. 재빠르게 칼을 도로 주운 여자는 나를 한번 바라보고는, 옆구리를 움켜쥐고서 간신히 일어선 남편에게 달려들어 힘껏 밀쳤다. 남편은 균형을 잃고서 넘어졌다. 여자는 그의 배 위에서 칼을 높이 쳐들었다.

둘의 체격 차이가 커서 다행이었다. 상처를 입었으나 남편은 한 손으로 칼을 쥔 여자의 양 손목을 붙잡을 수 있었다. 여자는 괴성을 지르며 몸부림쳤다. 식칼은 허망하게 떨어져 남편의 허벅지에 스쳤다. 나는 서둘러 빛나는 흉기를 붙잡아 숨겼다. 나무로 된 손잡이에서 여자의 피부에서 배어난 축축한 땀과 불온한 온기가 느껴졌다.

도구를 잃은 여자는 가까스로 자유로워진 한 손으로 남편의 얼굴을 연신 후려치고 할퀴었다. 남편이 나를 향해 뭐라고 외쳤지만 나는 꼼짝도 할 수 없었다. 느리게 진행되는 그 발악을 보며, 꿈속의 별채에서 벌어진 일을 떠올렸다. 난도질당한 피부, 저며진 살점, 신음과 눈빛, 피와 땀의 시간을.

신고를 받은 경찰이 곧 도착했다. 쇠락한 골목은 소란에 휩싸였다. 여자는 순순히 연행되었고, 조사 과정에서 한국어로 이렇게 진술했다.

"우형민 씨가 제 언니를 죽였습니다. 이것은 복수입니다."

나중에 철창 너머로 여자를 마주했을 때, 그녀는 말했다. 그 문장을 정확하게 내뱉기 위해 긴 시간 정성 들여 연습했다고.

6

8월 6일, 히로시마. 8월 9일, 나가사키.

유타카가 완전히 의식을 잃기 직전까지 중얼거린 날짜와 단어다. 유타카는 시내의 종합병원에서 대수술을 받았고, 도저히 이해할 수 없지만 기적적으로 생명에 지장이 없다는 진단을 받았다. 골절 부위가 수십 개였지만 수술은 성공적이었다. 의사조차 어째서 이 아이가 살 수 있었는지 모르겠다고 말했다. 병원으로 달려온 가네모토는 언뜻 보기엔 하나뿐인 아들을 진심을 다해 걱정하는 것처럼 보였다. 양손을 모으고는 수술실 앞을 초조하게 서성였다. 내 눈에는 그가 아끼는 물건을 영영 사용하지 못하게 될까 불안해하는 거로밖에는 보이지 않았다. 실제로 그는 사흘 만에 겨우 눈뜬 유타카의 손을 붙잡고 간절한 목소리로 속삭였다.

"무엇을 봤느냐? 피를 아주 많이 흘렸으니, 평소보다 더 많은 게 보였을 거다."

유타카는 내내 중얼거렸던 단어를 다시 말했다.

"8월 6일 히로시마."

하지만 그에 덧붙인 말은 나에게 했던 것과는 조금 달랐다.

"그리고 9일, 교토에 폭탄이 떨어져요. 거대한 버섯 모양 구름을 봤어요."

가네모토는 유타카의 말을 성실히 받아 적었다. 히로시마, 교토. 히로시마, 교토. 유타카가 했던 것처럼 두 지명을 집요하게 중얼거렸다. 노트를 덮으며 쳐든 얼굴에는 불쾌한 윤기가 흘렀고, 실핏줄이 바짝 선 작은 눈은 희열로 번들거렸다. 그는 전신에 붕대와 깁스를 한 아이를 오래, 찬찬히 훑어보았다. 그러고는 끝내 입을 다물었다. 어째서 수년 만에 집 밖으로 뛰쳐나간 것이냐고,

의도였는지 사고였는지조차 묻지 않았다. 대신 이렇게 중얼거렸다.

"그런 몸이면 이제 작은 방에서도 나갈 수 없겠지."

유타카는 꼭 수긍하듯 눈을 느리게 깜빡였다. 나는 구역질이 치미는 걸 애써 억눌렀다. 입과 오른쪽 눈을 제외하곤 붕대로 칭칭 감긴 유타카의 눈동자가 내 쪽을 향했다. 그 반쪽짜리 시선은 뭐랄까, 동조를 구하는 것 같았다. 나는 그처럼 느리게 눈을 감았다 떴다. 가네모토가 뒤돌아 물었다.

"사고 현장에서 들은 것과 같나?"

가만히 고개를 끄덕였다. 가네모토는 늘 그랬듯, 지갑에서 돈을 꺼내 건넨 후 병실을 나갔다. 나는 붕대 밑에 숨은 유타카의 표정을 짐작할 수 없었다.

그날을 기점으로 가네모토는 교토와 이곳 붉은담장집에 모은 재산들을 6개월에 걸쳐 나가사키로 옮겼다. 가네모토가 일본에 가진 가장 큰 창고가 나가사키항보다 조금 안쪽, 강을 따라 올라가는 우라카미에 있다는 건 하녀 운숙을 통해 알게 되었다. 휴가 때마다 이용하는 온천 별장도 하나 있다고 했다. 교토에는 나가사키만큼은 아니지만 가네모토의 창고 여러 채와 그의 일본 본가가 있었다. 그제야 어째서 유타카가 지명을 다르게 말한 건지 이해가 갔다. 왜 나가사키가 아닌 교토를 말한 건지도. 완공한 지 3년이 채 되지 않았다는 나가사키의 창고와 신축 별장 역시 유타카의 조언을 받아 위치를 잡았을 테다. 뒷덜미에 섬찟한 한기가 내려앉았다. 귓가에 유타카의 속삭임이 들리는 것 같았다. 아버지는, 내가, 죽일 거야.

그렇게 8월이 도래했다.

유타카는 느리게 회복해갔다. 뼈는 붙고, 살도 아물었다. 나는 여느 때와 다름없이 그를 간호했다. 그쯤, 왠지 모르게 초조한 기분이 들어 자주 본가를 오갔다. 돈을 받은 중간업자는 간간이 징용, 징병을 나간 아버지와 큰오빠의 소식을 전해주었다. 여동생은 배를 타는 대신 시내의 공장에 다니기 시작했고, 7월의 끝자락에 큰오빠가 돌아왔다. 왼팔을 심하게 다친 채였다. 그는 온종일 방에 틀어박혀 라디오를 들었다. 지직거리는 전파음과 유행가 틈새로 일본이 크게 선전하고 있다는 보도가 나올 때마다 코웃음을 치며 욕설을 지껄였다. 그는 간만에 네 가족이 모여 앉은 밥상 앞에서 밑도 끝도 없이 곧 해방이 될 거라고 말했다. 이제 아버지만 돌아오면 된다고, 우리 가족은 무사할 거라고 말이다.

마침 중간업자가 아버지의 편지를 전해준 날이었다. 변화의 조짐이 불어오는 여름의 한복판에 받은 편지에는 그가 폐병을 얻었다는 말과 함께 히로시마 군수 공장으로 옮겨왔다는 소식이 적혀 있었다.

히로시마, 히로시마.

나는 그 익숙한 지명을 유타카와 가네모토가 그랬듯 반복해 되뇌었고, 끝내 편지를 떨어뜨렸다.

중간업자는 아무리 큰돈을 받아도 하루 이틀 안에 군수공장에서 아버지를 빼 올 수는 없다고 했다. 지인을 통해 전보를 넣는 게 할 수 있는 전부라고. 물론 전보가 아버지에게 무사히 전달될 지도 확신할 수 없었다.

"빼 올 수 있으면 진즉 빼 왔겠지. 그럼 난 아주 부자가 되었겠지. 안 되는 건 안 되는 거야."

그렇다. 안 되는 건 안 되는 것이다. 고작 이만큼의 예지와 돈으로 바꾸거나 구할 수 있는 건 전무했다. 좀 더 빨리 절망할 뿐이다. 브로커는 내 긴박함을 조금도 이해하지 못한 얼굴로 담배 연기를 내뿜었다. 그의 태평함이 부러웠다. 아니, 죽일 듯이 미웠다. 나는 그때 처음으로 유타카가 가질 수밖에 없는 끔찍한 충동과 살의에 공감했다. 그 무력함이란.

사흘 후인 8월 6일, 히로시마에 원자폭탄 리틀보이가 떨어졌다. 8만여 명이 즉사했고, 7만여 명이 부상을 입었다. 그중 징용을 나간 조선인 피해자는 3만여 명에 달했다.

나가사키는 내가 알기로는 일본의 도시들 중 비교적 전쟁 피해가 덜한 곳이었다. 히로시마와 마찬가지로 군수 공장과 관련 기업들이 밀집되어 있었다. 그러나 8월이 되고부터 크고 작은 폭격이 이어졌다. 가네모토는 불안해했다. 그의 재산 대부분을 나가사키의 창고로 옮겼기 때문이다. 재산뿐만 아니라 본가의 식솔들까지 전부 나가사키 외곽의 별장으로 대피시켰다. 뒤늦게 너무 유타카의 말에만 유지했나 싶은 생각이 들었지 싶다. 만약의 경우를 대비해서 재산을 좀 나눠 보관해야 했는데 싶었을지도. 하지만 어차피 폭탄이 떨어진다는 교토의 재산을 옮기기만도 빠듯한 시간이었다. 안전한 새 장소를 찾아 창고를 짓는다는 건 애초에 불가능했다. 아마 그 초조함이 가네모토를 그답지 않게 충동적으로 만들었을 것이다.

유타카의 예언대로 6일, 히로시마에 폭탄이 떨어지자 가네모토는 오히려 안심한 눈치였다. 히로시마를 맞혔다는 건 교토도 맞힌다는 뜻이었고, 뇌물로 쌓은 온갖 인맥을 동원해 저명한 교수, 퇴역 군인의 자문을 구한 결과 옛 수도인 교토는 다음 폭격의 후보군으로서 더없이 적절하게 느껴졌다. 그러니까, 가네모토는 수만 명의 목숨을 앗아갈 참사를 꽤나 두근거리는 마음으로 점쳤던 것이다. 그는 7일, 나가사키로 향하는 배편에 올랐다. 폭탄 소식에 운항이 전부 취소되고 남은 마지막 배였다. 창고를 정비하고 일본의 정세와 분위기를 훑으며 보다 빠르게 다음 투자처를 물색해야겠다고, 어쩌면 패망 후에는 제3국으로 넘어가는 게 나을지도 모르겠다며 심각해했다. 아직 휠체어 생활을 하는 유타카는 정원을 바라보며 덤덤히 말했다.

"배가 안 뜰 수도 있으니 간다면 빨리 오르는 게 좋지 않을까요."

조용히 숨을 참았다. 휠체어 손잡이를 쥔 손에 힘이 들어갔다. 이제 곧이었다. 가네모토는 아마 돌아오지 못할 것이다. 그는 애지중지 모은 재산과 함께 화염 속으로 사라질 테다. 이게 유타카가 그토록 기다리던 순간일까? 허리를 약간 숙여, 물을 건네주는 척 그의 표정을 살폈다. 태연하고, 산뜻했다. 그는 거짓말에 꽤나 능숙했다.

가네모토가 떠난 7일부터 9일까지, 우리는 함께 있었다. 가네모토가 돌아오지 않을 거라고 생각한 게 나뿐만은 아닌지 이틀째부터는 주치의도 나오지 않았다. 어쩌면 그도 이미 떠난 건지 몰랐다. 유타카는 더 이상 잉어와 들쥐를 죽이지 않았다. 그는 지금까지 내가 본 얼굴 중 가장 화사한 안색으로, 간절히 무언가를 소망하는 듯 보였다. 마치 선물을 기다리는 아이처럼.

그때, 유타카는 다시 말했다. 내가 이 집에 살게 될 거라고. 나는 그런 일은 있을 수 없다고 답했다.

8월 9일, 원자폭탄 팻맨은 교토가 아닌 나가사키에 떨어졌다. 하루 종일 라디오에 귀를 바짝 가져다 대고 있던 유타카는 그 소식에 비로소 제 나이처럼, 해맑게 웃었다.

아버지에게서는 더 이상 편지가 오지 않았다.

◆◆◆

나는 유타카에게 이제 어떻게 할 것이냐고 물었다. 유타카는 몸도 성하지 않았고, 가진 것도 없었다. 붉은담장집은 유타카가 아닌 가네모토의 재산이었고 그전에 집과 땅과 가족과 연인과 친우를 빼앗긴 모든 자들의 재산이었다. 나는 계속 너를 간호할 수는 없어. 그렇게 말했더니 유타카는 답했다.

“그럴 필요 없어. 나는 곧 죽을 거야.”

“왜?”

“그렇게 되도록 정해져 있어. 내가 보는 장면들은 변하지 않아.”

“자살하려고?”

“비슷한데 좀 달라.”

유타카는 내가 꼭 해줘야만 하는 일이 있다고 말했다. 준영이 하지 않을 수도 있지만, 결국 내 부탁을 들어주게 될 거야. 왜냐하면 내가 봤거든. 나는 무슨 부탁인지 말해보라고 했다. 여기서 아예 듣지 않는다면 유타카의 부탁을 들어주지 않을 수 있고, 그렇다면 유타카의 예언은 틀린 게 되겠지만 어리석게도 한낱 호기심을 참지 못하고 물어버렸다. 유타카가 가까이 오라는 듯 손짓했다. 그의 입에 귀를 가져다 댔다.

“조금 이따 땅콩빵 좀 사다 줘.”

들어주지 않을 수 없는 부탁이었다.

유타카는 땅콩빵을 좋아했다. 태어나서 먹은 음식 중 가장 맛있는 음식이라고 했다. 그 애는 내가 사 온 땅콩빵을 식탁 위에 늘어뜨려 놓고는, 꼭 수를 세고 먹었다. 왜 수를 세느냐고 물어도 답해주지 않았다. 딱 한 번 풀빵을 사 간 적도 있는데, 눈에 띄게 서운해해서 그 뒤로는 헛된 모험을 하지 않았다. 사흘쯤 지나자 골목 앞의 땅콩빵 장수는 내 얼굴을 알아보았다. 그리고 그 붉은담장집의 일본인은 아직도 떠나지 않은 거냐고, 이제 그만 왜놈의 병간호 따위는 관두고 새 일을 찾아야 하지 않겠냐고 물었다. 나는 고개를 끄덕였다.

"네, 그래야죠. 그럴 거예요."

그날도 땅콩빵 장수는 말했다.

"그 집, 아주 많이 벼르고 있어. 가네모토가 빼앗은 땅이 어디 한두 평인가."

나는 땅콩빵 장수에게 스치듯 말했다.

"가네모토는 죽었어요. 나가사키에서."

땅콩빵 장수는 좋은 소식이라며 평소보다 한 움큼을 더 줬고, 나는 그중 세 개를 집어먹었다.

유타카는 이번에도 땅콩빵의 수를 세어보고는, 오늘은 좀 많네, 하고 말했다.

"응, 한 움큼 더 주셨어."

"내일부터는 그 골목에 땅콩빵 장수가 없을 거야."

"땅콩빵 수레는 시내랑 항구 근처에도 있어. 괜찮아. 그보다 안 질려?"

"전혀. 죽을 때까지 매일 먹을 거야."

유타카는 고개를 끄덕인 뒤, 빵을 집어 먹었다. 8월 14일이었다.

다음 날인 15일, 중대 발표가 있다는 벽보와 함께 천황이 종전을 발표했다. 사람들은 어리둥절해했다. 멀게만 느껴지던 순간이 갑작스레 도래하자 어떤 복잡한 감정보다 당혹이 앞섰다. 나 역시 얼떨떨한 기분으로 골목을 지나 시내에 들러 땅콩빵을 사 왔다. 평소보다 시간이 세 배로 걸렸다. 시내의 상인들은 조심스럽지만 흥분을 숨길 수 없는 목소리로 수군댔다. 일본인들이 도망치고 있어. 서대문형무소의 독립 운동가들이 석방되었대. 옆 동네는 배급도 없었다던데? 다

도망가서 나눠줄 사람이 없다나봐. 광복이라고? 정말?

정말?

따스한 땅콩빵을 안고 돌아오는 길에 많은 생각이 들었다. 이 또한 새로운 방식의 노략질을 위한 발판 아닐까 하는 의심부터 해무에 가려진 낙원의 섬을 발견한 것만 같은 흥분까지. 첫째로 당황스럽고 둘째로 기뻤다. 1920년 대생인 나는 광복 이후의 세상을, 해방된 조국의 모습을 구체적으로 상상하는 게 쉽지 않았다. 설레면서 동시에 두려웠다. 급변은 어쨌든 현 상태의 종말을 의미했으므로, 곧 다가올 붉은담장집의 결말을 기다려야 했다.

16일에는 본격적으로 축제 분위기가 시작된 듯했다. 새 시대의 바람은 꿀처럼 달콤했다. 태극기를 들고 거리로 뛰쳐나온 사람들이 만세를 부르느라 거리는 빼곡하게 찼다. 나는 오전에 본가에 들러 가족들과 함께 시간을 보냈다. 아버지 자리는 비어 있었다. 어머니는 아직도 아버지가 돌아올 것이라고 믿었다. 나 역시 믿는 척을 했다. 거짓 믿음이 가족을 보다 행복하게, 버틸 수 있을 만큼 유지하게 한다면 편승하지 않을 이유가 없었다. 거짓말에 능숙지 않은 큰오빠가 이제 새로운 일자리를 알아보라며 내게 화제를 돌렸다. 간호사는 늘 부족하니, 일할 곳이 있을 거야. 나도 동의했다. 죽어가거나 고통스러워하는 사람들은 어디에나 있다. 그러니 내가 있을 곳도 있다.

가네모토가 죽은 이후로 나는 일당을 받지 못하고 있었다. 붉은담장집에 남은 물건들과 실내 장식을 팔아 야금야금 용돈을 벌 뿐이었지만 그곳에는 아직 유타카가, 상처로 이루어진 내 환자가 남아 있었다. 나는 식사를 마치고 거리의 흥분한 사람들을 지나쳐 그곳으로 돌아갔다.

유타카는 별채에 있었다. 별채의 차가운 바닥 한복판에 양팔과 다리를 활짝 뻗고서 죽은 듯 누워 있었다. 그를 일으켜 세우고서, 집에서 찬거리를 가져왔으니 밥을 좀 먹으라고 말했다. 유타카는 내 얼굴을 빤히 바라보다가 땅콩빵이 먹고 싶다고 중얼거렸다.

"애써 가져왔는데 무슨 간식이야."

"그래도, 먹고 싶어."

깡마른 유타카를 부축할 때면 호스피스 병동의 환자들이 떠올랐다. 세상에는 건강한 사람이 비명횡사하는 만큼 곧 죽어도 이상하지 않은 사람들이 집요하게 숨을 이어가는 경우도 잦았다. 유타카는 밥을 거의 먹지 않았다. 몸은 이미 죽은 사람처럼 차가웠다. 그는 어떤 목적을 위해 꾸역꾸역 살아 있는 사람 같았다. 하지만 그는 이미 목적을 이루지 않았던가?

계속 칭얼대는 그를 마루에 앉혀놓고서 결국 땅콩빵을 사러 나갔다. 거리에 사람들이 많아 땅콩빵 장수를 만나기 힘들었다. 시내에도, 항구 근처에도 없었다. 광장과 거리에서 쉴 새 없이 노래가 울려 퍼졌다. 전부 장사를 접고 모여 민족 해방을, 일본 패망을 축하했다. 태어난 이래로 이토록 희망찬 분위기가 처음이라 적응하기 어려웠다. 나는 내 마음의 흐름도 제대로 따라잡지 못한 채 서로 얼싸안는 사람들을 바라봤고, 나를 안는 사람들을 함께 마주 안아주었다. 온기는 차곡차곡 쌓여 곧 내 몸을 뜨겁게 덥혔다. 심장이 흥분으로 방망이질 쳤다. 발걸음은 점점 가벼워졌다. 결국 시내를 한 바퀴 빙 돌아서야 겨우 정리하기 직전의 땅콩빵 수레를 만날 수 있었다. 오늘 처음 본 어린 땅콩빵 장수는 본래보다 훨씬 많은 양의 빵을 포장해주었다. 돌아오는 길에 약과가 보여 그것도 샀다. 어느덧 하늘은 깜깜해져 있었다. 밤임에도 축배를 드는 사람들 덕분에 길거리는 환했다. 지금까지와는 완전히 다른 세상이 펼쳐질 것만 같은 기분이 밀려들었다. 오늘 정도는 이 막연한 희망과 기대에 몸을 맡겨도 되지 않을까?

분주하게 발을 놀려 붉은담장집으로 돌아갔다. 이상한 기운을 감지한 건 높게 솟은 지붕이 보이기 시작했을 때였다. 검은 하늘에 그보다 검은 연기가 자욱했다. 붉은담장집 앞에 사람들이 모여 웅성거렸다.

"끔찍하기도 해라. 도대체 무슨 일이 벌어진 건지……."

그토록 많은 사람들이 붉은담장집에 모인 건

가네모토의 이삿짐이 들어가던 날 이래로 처음이었다. 흩날리는 불씨가 지난 기억을 비췄다. 핏빛의 물결무늬 소파와 갈라지는 피부, 메스, 작은 생물의 내장들, 옥빛 타일 수영장, 버섯 모양 구름이 산발적으로 떠올랐다가 폭죽처럼 잔상만 남기고 부서졌다. 땅콩빵을 품에 안고서 인파를 헤쳐 나갔다. 불이 난 건가? 어쩌다가? 안에는 유타카가 있다. 사고의 후유증으로 다리를 저는 유타카는 혼자 빠져나오기 힘들었다. 내가 안으로 들어가려 하자 사람들이 막아섰다. 대문 너머로 참혹한 내부의 풍경이 눈에 들어왔다. 화염에 집어삼켜진 건 별채였다. 별채의 비좁은 창문과 지붕 틈새에서 검은 연기가 쏟아져 나왔다. 그 주위를 험상궂은 표정의 사람들이 둘러쌌다. 그들은 농기구와 횃불을 들고서 아무도 빠져나갈 수 없다는 듯 별채를 단단히 포위했다. 나를 막은 구경꾼이 물었다. 구면인 땅콩빵 장수였다.

"지금 들어가서 뭘 어쩌려고?"

"이게 뭐 하는 짓이에요? 가네모토 마사요시는 이미 죽었다고요!"

"무슨 소리야. 배에서 내린 걸 사람들이 보았다던데. 그리고 죽었다 한들 그 말종 집이 불타는 게 아가씨랑 무슨 상관이야?"

그럴 리가 없다. 가네모토가 돌아왔다고? 나가사키에서 죽지 않았다고? 그 순간 내 뇌리를 스친 건, 땅콩빵을 사다 달라는 유타카의 목소리와 자신은 곧 죽게 될 것이라는 불길한 예언, 그리고 아버지는 자신이 죽일 거라는 다짐이었다. 나는 땅콩빵 장수를 밀치고 안으로 향했다. 가네모토에게 삶을 빼앗긴 이들이 엄숙하게 불타는 별채를 감상했다. 나는 그들을 붙잡고 외쳤다.

"안에 아픈 사람이 있어요. 아직 어려요. 구해야 해요."

횃불을 든 이들 중 한 명이 말했다.

"그 불구인 아들을 말하는 거라면, 어차피 가망 없네."

연기 때문에 눈이 매웠다. 한번 흐르기 시작한 눈물은 내 뜻대로 멈춰지지 않았다. 재와 먼지에 가로막혀 목소리조차 제대로 나오지 않았다. 나는 연신 기침만 콜록이다 소리 없이 입을 빼금

거렸다. 주위의 누군가 비통한 목소리로 답했다. 그들은 죽었어. 죽어버렸어. 또 누군가 외쳤다.

"우리가 왔을 때 두 사람은 이미 죽어 있었다고. 죽였어야 하는데, 이미 죽어버렸어. 억울한 건 나라고, 알아?"

"두 사람?"

한발 늦게 끼어든 땅콩빵 장수가 내막을 전했다.

"잘은 모르지만 가네모토는 멀쩡히 돌아왔어. 배를 잘못 탄 건지, 운항이 취소된 건지는 우리도 몰라. 확실한 건 우리가 그 소식을 듣고서 이곳에 쳐들어왔을 땐 이미 그 모양이었다는 거야."

그들이 말하길 텅 빈 본채는 엉망진창이었고 정원으로 향하는 문턱에 한 웅덩이의 검붉은 피가 고여 있었다고 한다. 흙발자국과 핏방울은 등유 냄새가 풍기는 별채까지 이어졌다. 어두운 철문 뒤쪽에는 지하실로 향하는 둥근 문이 열려 있었다. 사람들은 조심스레 그 밑을 내려다보았다. 나선형 계단의 저 밑에, 피의 바다가 일렁였다. 눈을 부릅뜬 채로 죽은 두 사람의 몰골은 처참했다. 아버지와 아들이 서로의 배를 가른 것 같다고 했다. 온갖 구불구불하고 불쾌하게 미끄러운 것들이 밖으로 나와 있었다고. 그가 죽인 잉어들처럼. 검은 머리카락과, 붉은 바닥과, 창백한 피부는 분명 쇼와 삼색을 연상시켰다. 어쩌다가 그런 모습이 되었는지는 알 수 없었다. 현장을 더 조사하는 것 역시 불가능할 것이다. 참혹한 광경에 놀란 한 명이 횃불을 떨어뜨렸다. 작은 불은 지하실을 흠뻑 적신 등유를 연료 삼아 큰불이 되었다. 소파도, 메스와 쇠붙이들과 약품 트레이도, 시체도 전부 타올랐다. 누군가 지하실을 태울 요량으로 기름을 부은 게 분명하다고 했다. 꼭 우연히 횃불이 떨어질 걸 알고 있었다는 듯이.

때를 기다리는 마음. 나는 뭔가를 기다리고 있어.

나는 유타카의 마지막 모습과 목소리를 떠올리며 바닥에 주저앉았다. 이해할 수 없었다. 이제 와서 돌이킬 수 있는 것도 없었다. 눈앞의 불은 너무 컸고 도저히 꺼지지 않을 것처럼 보였다. 나는 정원의 인공 연못 앞에서 활활 타오르는 불길을 바라보았다. 별채를 태우는 화염은 기묘하게도 아름다웠다. 매캐한 탄내에 품 안의 고소한 땅콩빵 냄새가 섞여 풍겼고, 나는 붉은 춤을, 주변으로는 불을 옮기지 않고 오롯이 별채만을 오래오래 태우는 그 화염을 밤이 새도록 감상했다.

불은 다음 날 동이 트고 난 후에야 꺼졌다. 수 시간이나 타올랐는데도 목조 건물인 본채는 조금 그을린 게 전부였다. 정원도 크게 상하지 않아 사람들은 붉은담장집에 귀신이 들렸다고 수군거렸다. 새까맣게 변한 별채의 문을 열고 골조만 남은 나선형 계단을 걸어 내려갔다. 잿가루가 내려앉은 바닥에 마찬가지로 새까맣게 변한 두 시신이 놓여 있었다.

나는 그중 체구가 작은 이의 머리맡에 짙은 재 향이 밴 땅콩빵 봉지를 내려놓고서 적산가옥을 나왔다.

7

남편을 찌른 여자는 캄보디아에서 온 체류자였다. 이름은 케이나. 여자는 다른 말은 한국어로 할 줄 몰랐다. 시종일관 '우형민 씨가 언니를 죽였습니다'라고만 되뇌었다. 조사 결과, 여자의 언니 소피는 한국인 브로커 '민'의 소개로 50대 중반의 남자와 국제결혼을 했고, 6개월 전 한국에서 사망했다. 사인은 병사. 급성 골수성 백혈병이었다. 언니의 이름이 나오자 케이나는 흥분을 참지 못하고 캄보디아 언어로 진실을 쏟아냈다. 사법 통역사가 도착한 후에야 말뜻을 겨우 알아들을 수 있었다.

"우형민이 그가 괜찮은 사람이라고 했습니다. 그는 부유하고, 친절하고, 언니를 사랑할 거라고요. 하지만 우형민은 우리의 돈을 가로챘고, 소피와 결혼한 남자는 좋은 사람이 아니었습니다. 유일하게 맞은 건 돈이 있었다는 건데, 그는 충분한 돈이 있음에도 소피가 병원에 가지 못하도록 막았습니다. 제대로 된 진료와 처방 한번 받지 못했습니다. 그래서 소피는 죽은 겁니다. 우형민이 우리를 속이고, 소피를 죽였습니다."

또 이런 말도 했다.

"그의 거짓말이 이뿐일 것 같습니까? 그가 중개한 게 소피뿐이었을까요? 제가 어떻게 관광비자로 들어와 인천의 마사지업소에서 일하게 되었을까요? 저는 제가 일하게 될 직장이 그런 곳인 줄 알았을까요? 그가 진정으로 사랑하는 건 거짓과 돈뿐이라고, 같이 사는 분께 꼭 전해주세요."

나는 진술서를 작성하고서 몇 가지 주의사항을 전달받았다. 배정된 담당 형사는 깊게 한숨을 쉬더니 조사가 길어질 수도 있다고 전했다. 경찰서에 몇 번 더 오셔야 할 겁니다. 남편분도요. 고개를 끄덕였다. 단답을 내뱉을 힘조차 부족했다. 케이나는 대한민국 형법에 따라 처벌받은 후 출입국관리규정에 의거해 출국명령 등의 행정처분이 내려질 거라고 했다. 마지막으로, 형사는 슬쩍 내 표정을 살피더니 가볍게 물었다.

"우형민 씨의 직업과 출장 등등에 대해서 들

은 게 있으십니까?"

"식료품 관련 사업을 한다는 것만 알아요. 국내 업장에 식자재를 납품한다고 들었어요. 그나마도 이제 저랑 새 사업을 할 예정이라, 정리한다길래 더 신경 쓰지 않았습니다. 최근 제 건강 상태가 나쁘기도 했고요."

"네, 참고하겠습니다. 그리고 한 가지만 더 여쭤볼게요. 우형민 씨 부친의 사망 경유에 대해서도 알고 계십니까?"

잠시 기억을 더듬었다. 혼인신고를 하기 전, 한국에 들어오고 얼마 지나지 않아 그의 가족을 만났었다. 고아한 인상의 노모와 막내 외삼촌이라는 사람이 대신 나왔다. 몇 년 전에 부친이 불의의 사고로 사망했다는 건 들었으나 자세한 이야기는 해준 적 없었다. 그냥 평범하게 불우한 사고였어. 그는 그렇게 말하고 입을 다물었다. 새삼스레 내가 그에 대해 모르는 게 너무 많다는 게 와닿았다. 나는 이번엔 고개를 저었다.

"캄보디아로 부부동반 해외여행을 갔다가 피습을 당했더군요. 당시 기록을 살펴보니, 보통

연세가 있는 분들은 여행사를 통해 패키지로 가기 마련인데 두 분은 자유여행으로 떠났어요. 현지에서 우형민 씨가 가이드를 맡아준다고 했던 모양입니다. 그런데 일정에 차질이 생겼고, 붕 뜬 시간에 개인행동을 하던 부친이 강도를 당했습니다. 현지 범인은 잡히지 않았다던데요. 귀국 후 모친은 3억 원가량의 보험금을 수령했습니다. 아, 사망한 부친은 친부가 아닌 양부였어요. 이건 알고 계셨겠죠?"

그 이야기에서 내가 유일하게 알고 있던 사실이었다. 남편의 친부는 그가 태어나기도 전에 교통사고로 사망했다. 그리고 두 번째 부친도 죽었다. 케이나와 소피의 나라에서.

"그게 이번 일과 관련이 있을까요?"

형사는 산뜻하게 답했다.

"아직은 없습니다. 그냥 확인 차 여쭤본 겁니다."

남편은 빠르게 회복했다. 그는 마치 아무 일도 없었다는 듯 태연하게 행동했다. 막연히 상상했던 반응과는 영 딴판이었다. 나는 그의 느긋함이 당황스러웠다. 최소한 그는 불안하거나 미안해야 했다. 칼부림의 피해자인 것과는 별개로 내게 범법 행위를, 저열한 짓거리를 들켰으니 초조한 낌새라도 있어야 했다. 먼저 이야기해주길 기다렸는데 그에게선 조짐이 없었다.

오해가 있었던 건 아닐까? 케이나가 브로커를 착각한 것 아닌가? 자국인이 아닌 외국인은 대부분 비슷해 보이기 마련이다. 마음은 계속 믿고 싶은 방향으로 가지를 뻗었다. 그 믿음을 뒷받침해줄 증언이 필요했다. 어쨌거나 사건은 아직 조사 중이었으며, 그는 지난 수년을, 가장 힘들었던 시기에 곁에 있어준 사람이었다. 머릿속에 불신과 합리화가 맹렬히 부딪혔지만 단번에 쳐낼 수는 없었다. 나는 참지 못하고 그에게 케이나의 말이 사실이냐고 물었다. 남편은 천연덕스럽게 대꾸했다. 사업 중 만난 사람에게 그저 중매를 서주었을 뿐이라고. 심지어 그는 조금 짜증나 보였다.

나는 수납장 안의 수면제와 근육이완제를 떠올렸다. 그리고 남편이 병원에 입원해 있는 동안, 그가 타주는 차와 칵테일을 마시지 않는 동안은 그토록 많은 잠이 오지 않는다는 사실을 깨달았다.

퇴원을 앞둔 밤에 남편은 보조 침대에 앉은 내 손을 붙잡고 속삭였다.

"한번 죽을 뻔하니까 심경의 변화가 커. 우리 결혼식 당기자."

약지의 백금 반지가 빛났다. 나는 고민해보자고만 답하고 부드럽게 웃어보였다. 지금은 화내거나 따질 타이밍이 아니었다. 직감이 시키는 미소였다. 그는 그 정도로 만족스러워 보였다. 내 뺨에 가볍게 입을 맞추고는 달콤하게, 또 확신을 주는 설득력 있는 목소리로 말을 건넸다. 이 모든 일은 전부 액땜이야. 우리는 처음부터 다시 시작할 수 있어. 너도 누구보다 그걸 바랐잖아. 우연과 모함에 흔들리지 마. 이 또한 다 지나갈 거야. 네 신경이 쇠약할 대로 쇠약해져서 걱정이야. 무엇보다 넌 내 보살핌이 필요해. 그 집도 새롭게 다시 태어나야 하고. 나는 속으로 그의 말을 따라 읊었다. 그 끝에 공허하게 중얼거렸다.

"맞아. 혼자였다면 그 집에 살지 못했겠지."

그런 다음 집으로 돌아와 남편의 모든 짐을, 집 안의 모든 수납장을 샅샅이 뒤졌다. 나에게 필요한 건 보살핌이 아니라 진실이었다. 어떤 방향이든 간의 확실한 종결이었다. 머릿속이 터질 것 같았다. 너무 많은 질문들이 거미줄처럼 촘촘히 이어져 있었다. 남편의 말은 과연 진실인가? 그는 왜 나에게 수면제를 먹였나? 어디까지가 우연이고 어디부터가 의도인가? 3억 원짜리 여행자보험, 양부의 죽음, 해외 식료품 사업자와 국제결혼 브로커,

돈,

죽음,

칼.

이제 어떻게 해야 하지?

엉망이 된 적산가옥의 거실에서 정원을 바라보고 있을 때였다. 연못 앞에 앙상한 소년이 서 있었다. 희끄무레하게 빛나는 적산가옥의 유령이. 그는 이번에도 빼빼 마른 팔을 뻗어 어딘가를 가리켰다. 그러고는 홀연히 사라졌다. 나는

소년이 가리킨 방향을 응시했다. 보지 않아도 그 곳에 무엇이 있는지 알 수 있었다. 본채에는 더 이상 뒤질 곳이 없었다. 느리게 일어나 별채로 향했다.

녹슨 철문은 밀기도 전에 먼저 열렸다. 보이지 않는 진짜 주인이 친절하게 문을 열어주듯이. 외증조모가 죽던 날의 영상이 스쳐 지나갔다. 빛바랜 필름처럼 스치는 꿈의 장면들, 피와 고통의 지하실. 진실로 향하는 원형의 문이 매끄럽게 펼쳐졌다. 퀭한 눈으로 내가 귀를 가져다 댔던 바닥을 살폈다. 외증조모가 쓴 소설 안의 어리석은 주인공들처럼. 문 같은 건 없었다. 이제 보니 외벽이나 철 계단에 비해 바닥만큼은 시멘트 칠이 반질반질했다. 아예 덮은 것일 테다. 아무리 외증조모라 한들 그 끔찍한 공간을 그대로 두고서는 그토록 긴 세월을 살지 못했을 테니까.

나는 바닥에서 시선을 떼고 별채를 샅샅이 훑었다. 1층에는 아무것도 없었다. 삐그덕거리는 계단을 올라 2층으로 향했다. 2층의 벽 한쪽에는 오래전에 금고로 쓰였을 법한 캐비닛 몇 개가 놓여 있었다. 그것 이외에는 아무것도 없었다. 유일한 선택지. 그 명확함이 심장을 조여왔다. 캐비닛의 문을 하나씩 열어보는 짧은 시간 동안, 나는 수십 년 전의 과거와 불과 몇 년 전 일본에서의 기억과 지금의 현실을 오갔다. 기억의 바다 한가운데에 생겨난 소용돌이에 미끄러져 걷잡을 수 없이 빠른 속도로 빙글빙글 회전했다. 외증조모가 되어 꾸는 꿈은 소년의 죽음을 마지막으로 끊겼다. 이후 외증조모의 삶은 어렸을 적 읽은 일기와 내가 직접 본 말년을 통해 유추할 뿐이었다. 가만히 서 있는데 멀미가 올라왔다. 제일 안쪽의 마지막 캐비닛을 열었다. 서류가방 한 개가 비스듬히 세워져 있었다. 남편이 들고 다니는 걸 본 적 있었다. 가방을 열자 갈색 봉투와 불투명한 파일 몇 개가 나왔다. 그중 가장 최근의 것으로 보이는 걸 먼저 확인했다. 아직 서명하지 않은 생명보험 가입 서류였다. 가입자가 사망할 시 지정인에게 5억 원가량이 입금되는 보험이었다.

그리고 타국의 언어로 된 조악한 계약서들, 여

자들의 사진이 모인 파일이 나왔다. 어떤 사진에는 붉은 매직펜으로 크게 엑스가 표시되어 있었다. 나는 천천히 눈을 깜빡였다.

감았다가, 떴다. 떴다가, 감았다. 별채는 고요했다. 작은 창을 통해 달빛이 들어찼다. 어디선가 재 냄새가 풍겼다. 이번에는 코를 찌르는 기름 냄새가 뒤섞였다. 환후를 뒤로하고 고개를 떨어뜨렸다. 약지의 백금 반지가 나를 조롱하듯 반짝였다. 나는 한동안 그렇게, 아무것도 하지 못한 채 별채의 바닥에 덩그러니 앉아만 있었다. 어둠을 느끼며, 어둠의 일부가 되고 싶다는 감상과 함께.

내 주변을 배회하는 깡마른 발목과 그 기척을 오히려 반갑다고 여기면서.

◆◆◆

우형민은 말했다. 그게 왜 우리가 헤어져야 하는 이유인데?

“난 살인자가 아니라 피해자야. 가난한 여자에

게 중매를 서준 것뿐이라니까. 해외와 한국을 오가다 보면 이런 부탁이 많이 들어와. 하도 부탁을 해대니까 그냥 사진을 모아서 가지고 다녔지. 사람을 이어주는 게 죄인가? 그럼 중매쟁이들은 다 사기꾼이게? 결혼 후에 소액의 사례금을 받았을 뿐이야. 내가 돈을 가로챘다고? 증거가 있어? 그 미친 여자 말을 어떻게 믿어? 애초에 그들끼리 돈을 주고받은 건 내 알 바가 아니지. 그리고 그 보험서류, 아직 가입한 거 아니잖아. 내가 너 몰래 서명한 것도 아니잖아. 한다 해도 네가 직접 해야 해. 조작이라도 할까봐 그래? 부부 사이에는 이런 보험 하나씩 있어. 이상한 게 아니야. 수면제랑 근육이완제? 전에 엄마가 먹던 게 식료품 재고 상자에 섞여 거기 잘못 들어갔나 보네. 아버지가 갑자기 돌아가시고 엄마가 많이 힘들어하셨어. 그래, 내가 멀쩡한 사업가인 줄로만 알았는데 브로커니 어쩌니 소리 들으니까 겁먹은 것도 이해는 하는데, 이게 이혼까지 나올 일이야? 뭐, 사기결혼? 혼인신고만 하고 식도 안 올렸는데 무슨. 적어도 너는 그러면 안

되는 거지. 너 힘들 때 내가 얼마나…….”

그는 말을 멈추고서 짧게 욕설을 짓씹었다.

“정신 좀 차려. 도대체 왜 그래? 난 너 때문에 하던 일 다 정리하고 왔다고. 그 집 수리 비용만 얼마가 들어갔는데?”

그런가? 정말 내가 이상한 건가? 형민은 계속 쏘아붙였다.

“서류들은 어디에 뒀어? 버린 거 아니지? 그거 다 필요한 자료들이야.”

“집에 있어.”

“집에 있는 거, 맞지?”

그가 눈을 가늘게 뜨고 되물었다. 나는 얼결에 끄덕였다. 판단이 불가능했다. 그러니까, 그는 내가 물증이라고 믿은 모든 것이 단지 심증이라고 주장했다. 문젯거리가 아닌 걸 문제 삼는 내가 바로 문제라고 했다. 신뢰감으로 무장한 그의 목소리를 듣다 보면 헷갈렸다. 누군가는 지금까지의 단서만으로도 결심을 내릴 수 있었겠지만 지금 나의 상태로는 아니었다. 일단 시간을 가지자고 말하는 게 내가 할 수 있는 전부였다.

"네 말대로 내가 이상한 것 같아. 그러니까 계획한 건 잠시 미루자."

침대에 기대앉은 우형민은 크게 숨을 들이마신 뒤, 고개를 돌려 창밖을 바라보았다. 얼마 전에 비가 내려 지저분한 창에는 그의 표정이 잘 비치지 않았다. 얼마간의 침묵이 이어졌다. 곧 그가 내 쪽을 돌아보며 알겠다고 답했다.

"퇴원하면 잠은 어떻게 할래?"

"내가 엄마 집 가서 잘게."

"경찰에선 별다른 소식 없어?"

"아직 딱히. 아……."

수사가 길어질 수도 있다는 말이 생각났지만 입을 다물었다. 양부의 죽음과 3억 원의 보험금. 그 이야기를 꺼내지 않은 건 두려웠기 때문이다. 허무맹랑한 가정이 단지 가정이 아닌 명제가 되는 걸, 이번에도 내 선택이 틀렸다는 걸 부정하고 싶었다. 상황을 외면한다고 진실이 바뀌는 게 아님에도.

남편은 내 얼굴을 관찰하듯 빤히 응시했다. 나는 아무 말도 하지 않고 뒤돌아 병실을 나왔다.

적산가옥으로 돌아가 급하게 짐을 쌌다. 자질구레하게 챙길 것들이 많았다. 이 집에 처음 발 들였을 때 끌고 온 캐리어에 꽉 차도록 짐을 담았을 때 침대 부근에 널브러진 서류가방이 눈에 띄었다. 유일한 물증이라고 부를 만한 그것. 처음 발견했을 땐 충격이 커 자세히 살피지 못했다. 바닥을 기어 서류가방을 주웠다. 떨리는 손으로 마구 밀어 넣었던 종이 뭉치와 비닐 앨범을 다시 꺼냈다.

각지의 전통의상을 입은 여자들이 모두 같은 표정으로 웃고 있어 기괴했다. 사진 뒤에는 이름과 번호, 혹은 영문과 숫자를 섞은 아이디 같은 게 적혀 있었는데 무엇을 뜻하는지는 알 수 없었다. 페이지를 넘기다 케이나의 사진을 발견했다. 케이나 옆에는 소피가, 소피 옆에는 로사가, 그 아래에는 무티야, 링, 마이가 있었다. 사진의 뒷면을 확인했다. 소피에게는 붉은 X가 표시된 반면 케이나는 '인천 김 사장'이라고 낙서처럼 적힌 게 전부였다. 수십 장의 사진 중 '김 사장'이 적힌 여자는 여섯 명이었고, 그중 무타야만 번호가 있었다.

아마 대포폰일 것이다. 무엇을 확인하고 싶은지도 모르는 채 열한 개의 숫자를 입력해 전화를 걸었다. 신호음은 짧았다. 상대는 곧장 받았다. 감기에 걸린 건지 가라앉은 목소리였다. 잠깐의 침묵과 정체 모를 웅성거림 끝에 낯선 언어가 쏟아졌다. 나는 아무 말도 하지 못했다. 상대가 곧 끊을 기세길래 다짜고짜 케이나라고 외쳤다.

케이나. 케이나? 예스. 케이나.

후알 유?

암…… 헐 프렌드.

그러자 별안간 무타야는 폭소를 터뜨렸다. 곧 영어와 한국어를 섞은 말이 들려왔다.

"케이나, 쉬, 퍼킹 비취, 좆같은 년, 유돈 노 헐. 케이나 지금 빵에 있대. 갠 살인자야. 머더, 머더. 브로커랑 프로미스, 어, 그니까 둘이서 짜고서 죽였대. 한국인을. 무서워. 일할 때도 무서웠어. 개랑 친구 못해. 아, 한 개 더 아는 거 있어. 그년이 내 돈을 훔쳤다는 거. 돈 갚아주면 대신 친구 해줄게. 이름이 뭐야? 왓 유아 네임? 누구 통해서 들어왔어? 일자리 소개해줘? 돈 벌어야지."

섬뜩하고 공격적인 말의 파편이 쏟아졌다. 당황해 다급히 전화를 끊었다. 다시 걸어볼까 고민하다 먼저 생각을 정리했다. 무타야는 케이나가 구금중이라는 걸 알고 있다. 그러나 이유에 관해서는 다르게 알았다. 브로커를 공격한 게 아니라, 브로커와 짜고 한국인을 죽여서 붙잡혔다고. 어렴풋하게만 존재하던 가능성이 보다 분명해졌다. 거대한 몸집을 드러내고서 불길함을 뿜어댔다.

다행히 휴대폰에는 자동녹음 기능이 작동 중이었다. 담당 형사 연락처가 뭐였더라? 우형민과 헤어지는 일 따위로 싸울 때가 아니었다. 그제야 내가 어떤 덫에 걸려들었는지 깨달았다. 서둘러 서류 뭉치와 앨범을 가방에 밀어 넣고 안방을 나섰다. 미닫이문 옆에서 두꺼운 팔이 뻗어져 나왔다.

그 팔은 너무 익숙했고, 친근한 살 냄새를 풍

겼다. 우형민은 내가 아는 다정한 얼굴로 입을 틀어막고 손목을 붙잡았다. 그가 다리를 걸어 나를 넘어뜨렸다. 내 몸을 짓누르듯이 올라탄 후에야 입을 막은 손을 치웠다.

"운주야, 그거 들고 어디 가려고?"

"놔! 도대체 무슨 짓을 한 거야? 나에게 무슨 짓을 하려고 했어?"

"아무 짓도. 난 아무 짓도 안 했어."

몸부림쳤지만 소용없었다. 그는 기이할 만큼 차분하고 덤덤했다. 그는 손쉽게 서류가방과 휴대폰을 빼앗은 뒤, 강제로 입을 벌려 수면제 몇 알을 밀어 넣었다. 작고 하얀 알약들은 너무 쉽게 식도를 타고 넘어갔다. 형민이 나를 다시 방 안쪽으로 밀어 넣었고, 미단이문을 닫고 나올 수 없도록 뭔가를 밀어 고정시켰다. 약을 토해내려고 목구멍에 손가락을 쑤셔 넣었으나 마음대로 되지 않았다. 문 너머에서 여기저기 분주하게 오가는 발소리가 들렸다. 문을 힘껏 밀고 두드렸다. 꼼짝도 하지 않았다. 약기운이 도는지 걷잡을 수 없이 졸음이 몰려왔다. 눈꺼풀을 들어올리는 게 온 힘을 쏟고 있을 때, 우형민의 다정한 목소리가 들려왔다.

"일단 좀 자. 너 지금 너무 흥분했어. 한숨 자고 일어나면 전부 괜찮아질 거야."

이곳은 2층 침대 방이었다. 계단을 내려가는지 우형민의 기척이 멀어졌고, 얼마 지나지 않아 무언가 쓰러지고 달그락거리는 소리가 났다. 소리를 기점으로 의식의 줄이 맥없이 풀렸다. 헛웃음이 삐져 나왔다. 외증조모의 유언이 가리키는 결말이 이건가? 외로운 망령의 곁에 또 다른 망령을 만들어주는 것? 완전히 눈이 감기기 전, 내 쪽으로 천천히 다가오는 앙상하고 흰 발이 보였다. 무언가 터지는 소리가 난다 싶더니, 오랜 목조건물의 틈새로 꿈 안에서 맡은 것과 비슷한 탄내가 피어올랐다. 순식간에 열기를 내뿜으며 타닥거리는 불씨들이 내 주변을 에워쌌다. 문득 나도 땅콩빵이 먹고 싶다는 생각이 들었다.

소년은 옆에 가만히 서서는, 나를 가만히 내려다보았다. 그는 꿈에서 보았던 것과 달리 하나의 상처도 없었다. 유약을 발라 구운 도자기처럼 희고 매끄러운 몸이었다. 그가 허리를 숙여 귀에 입술을 붙였다. 나는 처음으로 유령의 목소리를 들었다. 가네모토 유타카가 속삭였다.

"이건 준영과 나 사이의 약속이야."

다음 순간, 고통이 찾아왔다. 날카로운 도구로 배를 가르는 끔찍한 날 것의 고통이. 마취없이 하는 수술. 난도질. 지하실에서 행해진 고문과 같이. 아무 소리도 내지 못한 채 눈을 흡떴다. 한참을 헐떡이다 가까스로 고개를 숙여 복부를 확인했다. 미색의 셔츠에 검붉은 피가 번져갔다. 그제야 받은 숨과 비명이 동시에 터져 나왔다. 피범벅인 내 배에 머리를 기댄 소년이 눈을 맞추며 나긋이 말했다.

"보는 것의 대가는 고통이고."

소년의 말이 끝나자 통증은 더욱 날카로워졌다. 결박된 것처럼 꼼짝할 수도 없었다. 목에 핏대가 서고 식은땀이 후두둑 흘렀다. 나는 내가 깨어 있는 건지, 잠든 건지 아니면 죽은 건지조차 알 수 없었다. 그러다 한순간에 전부 멈췄다.

한낱 꿈처럼.

통증이 잦아들자 소년도 사라졌다. 모든 감각을 의심하며 상체를 일으켰다. 사방이 불타고 있었지만 열기는 느껴지지 않았다. 불씨와 나무 타는 소리 사이로 무언가 다가왔다. 크고, 습하고, 일렁이는 거대한 덩어리. 미래의 형체. 그건 아주 높은 곳에서 빠르게 내게로 왔다. 무슨 일이 벌어진 건지, 또 앞으로 어떤 일이 벌어질 건지가 압도적이고 분명하게, 안으로 흘러들었다. 나는 선명히 보이는 파편을 좇아 손을 뻗었고, 화마에 집어삼켜진 지붕이 내 시야를 덮치는 걸 마지막으로 어둠에 가라앉았다.

죽음을 닮은, 죽음이 분명한 끈적하고 깊은 바다를 헤엄쳤다. 어디선가 열기를 식혀주는 찬바람이 불어왔다. 발끝이 시렸다. 너무 추워서 몸을 마구 뒤척이다 보니 손끝에 무언가 보드라운 게 걸렸다. 자주 입는 청색 재킷이었다. 이게 왜 여기에 있을까?

아, 짐을 싸고 있었지.

눈을 뜨자 침실의 앤틱 조명과 짙은색 나무 천장이 보였다. 매끄러운 나무 바닥과 반쯤 찬

캐리어도. 병원에서 돌아와 짐을 싸기 시작한 건 오후였는데, 지금은 주변이 온통 컴컴했다. 깜빡 잠든 것일까? 입안에 부스러기 같은 두 단어가 맴돌았다. 배신과 불. 배신과 불. 꿈이라기엔 너무 생생했다. 나는 튀어 오르듯 일어나 몸의 상태를 먼저 살폈다. 복부에 핏자국 따위는 없었고, 집 역시 멀쩡하기만 했다. 유령이 내게 속삭인 말을 떠올렸다. 보는 것의 대가는 고통, 그리고 생명을 가진 듯 움틀거리는 단어. 그게 무엇을 뜻하는지는 어렵지 않게 깨달았다.

모든 건 아직 벌어지지 않았지만, 곧 벌어질 일이었다.

어둠 속의 서류가방이 눈에 들어왔다. 앨범을 뒤진 다음에 벌어진 일들이 연속해서 떠올랐다. 서둘러 휴대폰을 확인했다. 무티아와의 통화 녹음본은 없었다. 침착하게 앨범을 뒤져, 꿈에서 했던 대로 그에게 전화를 걸었다. 똑같이 케이나라고 외쳤고, 프렌드라고 답했다. 기대했던 대로 비웃음이 돌아왔다. 무티야는 똑같이 말했다. '좆같은 년'이 '시발년'으로, '빵'이 '감옥'으로,

'한국인을'이 '여행자를'로 바뀌었지만 나머지는 다 같았다. 그 정도는 내 기억의 오류일 수도 있었다. 통화는 무사히 녹음되었다. 팽팽해진 신경줄에 소음이 닿았다. 아래층 현관문이 열리는 소리. 형민이 들어온 것이다. 그는 곧 2층으로 올라올 테고, 미닫이문을 나서는 내게 손을 뻗을 테다. 시간이 얼마 없었다. 그에게서 도망칠 수 있을까? 안다고 바꿀 수 있나? 외증조모도, 유타카도 바꾸지 못했는데?

하지만 아무런 시도도 하지 않을 수는 없다. 그건 내가 꿈꾼 기억과 감각한 모든 것, 그중에도 고통에 대한 배신이다.

결단이 필요했다. 고심 끝에 담당 형사의 연락처를 뒤졌다. 번호를 확인하자마자 통화 녹음본과 앨범 몇 장을 찍은 사진을 전송했다. 침실에는 창문이 있었지만, 2층이라 기척 없이 탈출하기란 쉬운 일이 아니었다. 괜히 부상을 입고 붙잡힐 가능성이 더 컸다. 여러 경우의 수가 한 번에 스쳐 지나갔다. 내가 베팅한 건 결국 정면 돌파였다. 침대의 솜이불을 끌어안았다. 일단 언제 불길에 휩싸일지 모를 이 집에서 나가는 게 우선이다.

속으로 셋을 센 후 미닫이문을 열었다. 형민의 팔이 뻗어 나오기 전에 이불을 던지고서 있는 힘껏 내달렸다. 형민이 이불을 뒤집어쓴 채 허우적거렸다. 복도를 지나 계단을 내려갔다. 형민은 내 이름을 부르며 빠르게 쫓아왔다. 묵직한 그가 발을 내디딜 때마다 나무 바닥이 비명을 질러댔다. 기름칠한 바닥은 양말을 신은 채 뛰기엔 너무 미끄러웠다. 힘차게 디딘 오른쪽 발이 미끄러져 헛돌았다. 무릎으로 바닥을 찍듯 넘어졌고, 발목을 삔 듯 눈앞이 새하얘질 정도의 통증이 엄습했다.

현관으로 향하는 거실 앞 복도에서 붙잡혔다. 나는 발악했다. 때리고 구르고 몸부림쳤다. 어느새 우리는 만신창이가 된 채로 거실을 굴렀다. 통하지 않는 반항을 계속한 탓에 빠르게 힘이 빠져나갔다. 꿈에서처럼, 미동 없이 다정한 얼굴로 내 입을 틀어막고 손목을 붙잡은 형민이 내 위에 올라탔다. 그는 거친 숨을 몰아쉬면서도 미소를 잃지 않았다. 입을 막았던 손을 풀어 약통을 꺼냈다.

"일단 좀 자. 너 지금 너무 흥분했어. 한숨 자고 일어나면 전부 괜찮아질 거야."

이를 악물고 버텼다. 내가 입을 벌리지 않자 그는 신경질이 난 듯했다. 한 손으로 뺨을 때리다 결국 손목을 결박한 손마저 풀어 턱을 부술 듯이 그러쥐었다. 자유로워진 손으로 주변을 더듬었다. 차갑고 단단한 뭔가가 닿았다. 정체 모를 그것을 붙잡아 있는 힘껏 휘둘렀다. 형민이 칵테일을 만들 때 쓴 보드카 병이었다. 그의 머리에 명중한 묵직한 술병은 요란한 소리를 내며 산산조각났다. 그를 밀치고서 구석으로 도망갔다. 우형민이 피투성이의 얼굴로 소리를 질렀다. 그는 양손으로 제 머리를 더듬거렸다. 나무 바닥에 그의 떨어진 핏방울이 번졌다. 우왕좌왕하던 그가 칼날처럼 길고 뾰족한 유리 파편을 밟았고, 제가 흘린 피와 매끄러운 바닥에 미끄러져 균형을 잃고는 뒤로 넘어갔다. 쿵, 하는 소리가 들렸다.

낮은 원목 테이블의 모서리가 막 피어난 꽃잎

처럼 검붉었다. 형민의 머리는 묵직한 공이 튕기는 소리를 냈다. 눈꺼풀이 파르르 떨렸다. 곧 감길 듯한 틈새로 흐리멍덩한 눈동자가 이리저리 움직였다. 고통이 보기 위한 대가라면, 그 역시 지금 뭔가를 보고 있을까? 그의 뒤통수에서 시작된 검붉은 웅덩이는 점점 범위를 넓혀갔다. 나는 후들거리는 다리를 끌고서 거실을 나왔다. 서류가방과 휴대폰을 꼭 쥐고서 휘청이고 절뚝거리는 다리를 되는대로 뻗어 어디선가 탄내가 풍기는 적산가옥을 빠져나왔다. 부엌의 무언가 터지는 소리를 들은 것 같기도 하다. 이 집은 너무 낡고, 삭았다. 젖은 흙에 묻힌 관 같다. 그러니 언제 바스라져 사라진다 한들 이상할 건 없었다. 붉은 담장을 넘어서자 폐에 맑은 밤공기가 들어찼다.

거리는 깜깜했다. 나는 계속 나아갔다. 배신은 지나갔고 불이 남았다. 불은 곧 커질 것이다. 활활 탈 것이다.

배터리가 다한 건지 휴대폰 전원이 들어오지 않았다. 골목 주택의 담벼락을 짚고서 겨우 큰길로 나왔다. 두 개의 터널과 고요한 도로, 그리고 맞은편의 여자고등학교가 보였다. 유타카가 허공으로 떠올랐던 그 길이었다. 건너면 편의점이나 학교 관리인에게 도움을 받을 수 있을 것이다. 마음대로 움직이지 않는 몸을 가까스로 끌었다. 도로의 중간쯤 왔을 때, 한 쌍의 헤드라이트가 맹렬하게 덮쳐왔다. 나는 어깨를 잔뜩 움츠린 채 주저앉았다.

순간, 나는 외증조모 준영이 되어 허공의 유타카와 눈을 마주했다. 유타카가 되어 준영을 바라본 것 같기도 하다. 눈을 질끈 감고서 파도처럼 덮쳐 올 고통을 기다렸지만, 그런 건 없었다.

강렬한 마찰음을 내며 멈춘 차에서 담당 형사가 내렸다. 그가 나를 일으키며 뭐라고 말했지만 정신이 혼곤해 알아들을 수 없었다. 적산가옥에서 벗어났음에도 환후는 계속되었다. 이토록 어지러운 탄내라니. 나를 부축한 형사가 굳은 얼굴로 어딘가를 가리켰다. 빠져나온 골목 저 멀리, 검은 연기와 화염이 넘실거렸다. 어두운 밤하늘이 붉게 일렁였다. 적산가옥이 불타고 있었다. 낡은 목조 건물은 바로 이날만을 기다렸다는 듯 빠르게, 더없이 빠르게 무너져내릴 것이다. 나는 비현실적으로 느껴지는 풍경을 오래 눈에 남았다.

얼마 지나지 않아 소방차와 경찰공무원들이 들이닥쳤고, 진압이 시작되었다. 나는 정신을 놓은 사람처럼 아무 말도 못 한 채 담요에 감싸여 이송되었다. 화재 원인은 전선 노후화로 인한 합선으로 추정했다. 불씨가 난방기에 옮겨붙어 폭발이 발생했고, 건조한 날씨에 강풍까지 더해져 목조 건물 특성상 금방 번진 것 같다고 했다.

화염은 적산가옥을 완전히 전소시켰다. 내가 구조된 이후로도 잡히지 않고 계속 커지던 화염은 끝내 별채까지 집어삼키더니, 붉은 담장 안쪽의 무엇도 남기지 않고 태운 후에야 잦아들었다. 까만 잿더미 사이에서 마찬가지로 까맣게 탄 우형민이 발견되었다.

화재와는 별개로, 칼부림 사건을 조사하는 과정에서 형민의 중매로 국제결혼한 여자들 중 절반이 사망했다는 게 밝혀졌다. 대부분 고가의 생명보험에 가입되어 있었고, 지급된 보험금 일부는 형민에게로 들어갔다는 게 확인되었다. 내가 전송한 통화 내용과 넘겨준 서류를 기반으로 양부의 죽음을 재조사했다. 케이나는 우형민의 사주를 받아 인력을 고용해 그의 양부 우진용을 피습한 사실을 자수했다. 나 역시 우형민의 죽음을 두고 긴 조사를 받았지만 무혐의로 판명났다.

유령은 더 이상 나타나지 않았다. 약속을 지켰으니 더 이상 그곳에 있을 이유가 없다는 듯이. 나는 이후에 폐허가 된 적산가옥 부지를 찾아갔다. 그곳에서 기척을 기다렸지만, 재와 흙먼지만 남은 그곳엔 오로지 고요뿐이었다.

8

내가 다시 그 집에 들어가 살게 된 건 광복이 되고 한참이 지난 후, 첫째 딸을 막 낳았을 무렵이다. 유타카와 가네모토가 불탄 그날 이후 세상은 크게 변했지만 어찌 보면 그대로인 것 같기도 했다. 광복이 되고 5년 후 6·25전쟁이 터졌다. 나는 간호장교가 되어 후방의 도립병원에 머물렀다. 그곳에서 해군이었던 남편을 만나 결혼했다.

그 집은 정말 마법처럼, 기억 속의 모습과 거의 다름없이 내 앞에 나타났다. 적절한 가격, 화재나 사고 따위는 없었다는 듯 잘 가꾸어진 정원, 찝찝한 과거 때문인지 가격에 비해 드넓은 평수. 남편은 적산가옥을 더없이 마음에 들어 했다. 남편은 그 집에 머물렀다는 내 이야기를 믿지 않았다. 과장이 더해졌거나 착각일 거라고, 아니면 남에게서 들은 이야기를 내가 겪은 것처럼 말한다고 여겼다. 불편한 마음에 수없이 많은 집을 보러 다녔건만, 어째서인지 상황이 나를 그 집으로 밀어 넣었다. 아예 매물 자체가 나오지를 않았다. 시가에서 금전적으로 지원까지 해줘 더는 거절할 명분이 없었다. 결국 입주 계약서를 썼다. 집은 그사이 들어가 산 사람의 취향대로 바뀌어 있었으나 구조는 그대로였다.

첫아이를 안고 잠든 첫날 밤, 나는 별채에서 깨어났다. 꿈인 건지 잠결에 내가 움직인 건지는 분간할 수 없었지만, 아무튼 그랬다. 눈앞에 유타카가 있었다. 그가 말했다.

'내가 말했지. 너는 이 집에 살게 될 거라고.'

나는 답했다.

"내가 원한 건 아니야."

'원해서 벌어지는 일은 거의 없어.'

나는 유타카에게 부탁했다.

"찾아오는 건 괜찮지만 나에게 아무 말도 하지 마. 어떤 단어도 알려주지 마."

'네가 원하면 나는 언제든 단어를 뱉어줄 수 있어. 그럼에도?'

나는 고개를 끄덕였다. 유타카도 느리게 끄덕였다. 이후, 나는 그 집에서 유타카의 기척을 느낄 수 있었다. 가족 중 오로지 나만이. 언제 어디서나 그의 시선이 느껴졌고, 발소리가 들리면 구석의 어둠을 지그시 응시하다 고개를 돌렸다. 나는 기척이 그리 싫지 않았다. 오히려 홀로 떠안아 묻은 기억을 공유하는 것 같아 기뻤다. 단어를 잃은 유타카는 집 그 자체가 되었다. 계단, 난간, 복도와 테라스, 다락과 지붕, 정원과 별채. 그 모든 곳에 유타카가 있었다. 그는 내 바람대로 나에게 아무 말도, 어떤 단어도 알려주지 않았다.

나는 예고 없이 남편의 죽음을, 첫째 딸아이의 결혼과 사고를 들었다. 대부분의 인생이 그렇듯, 갑작스러운 크고 작은 비극을 감당했다. 유타카는 말없이 내 옆에 서 있다 사라질 뿐이었다. 나는 그걸 위로로 느낄 때도, 조롱으로 받아들일 때도 있었다. 하지만 그에게서 말을 금한 건 나이니, 따지거나 물어볼 수 없었다. 어차피 죽은 사람이 해결해줄 수 있는 문제란 세상에 존재하지 않았다.

붉은담장집에서 손녀를 정성껏 키웠다. 손녀가 다시 딸을 낳았을 때, 나는 너무 늙어 있었다. 내 몸은 스스로 움직일 수 없을 만큼 쇠약했다. 나도 내가 그토록 오래 살지 몰랐다. 그때까지도 유타카는 조금도 나이 들지 않은 기억 속의 모습 그대로 가끔 머물다 갔다. 한 가지 다른 점은 몸의 상처가 점점 옅어지다가, 끝내 사라졌다는 것이다. 내가 늙어갈수록 그는 매끄러워졌다.

진심으로 다행이라고 생각했다. 뇌 속의 혈관이 터져 하반신을 잃게 되기 전날에도 마찬가지였다. 더 이상 다리를 움직일 수 없게 되어 지루하게 누워 있는 나를 유타카는 종종 빤히 바라보았다. 그러다 보면 어느 날은 그와 나의 처지가 바뀐 것 같아 웃음이 났다.

너무 심심했기 때문이었을까? 아니면 매일같이 증손녀가 찾아와 묵은 기억이 적힌 일기장을 뒤적거려서? 한풀이처럼 쓰기 시작한 소설을 탐독하는 그 애가 유난히 내 어렸을 때 얼굴을 닮아서인가? 꼭 내가 다시 태어난 것 같았다. 어린 내가 늙은 나에게 단어를 알려주었다. 노래하듯 말뜻을 속삭였다. 그럴 때마다 나는 한 살, 한 살 어려졌다. 나는 다시는 꺼내 볼 일 없을 줄 알았던 시절을 곱씹었다. 내가 지나온 단어들. 언어에 담을 수 없는 마음들. 이미 잊어버린 것과 아직 잊지 못한 것.

불현듯 유타카의 목소리가 듣고 싶다고 생각했다. 그 마음을 읽은 듯, 우박이 떨어지던 밤에 유타카는 스르륵 나타나 내 옆에 섰다. 나는 그에게 목소리를 들려달라고 했다. 유타카는 무표정으로 내 얇은 배 가죽에 손가락을 가져갔다. 동시에 격통이 느껴졌다. 소리는 나오지 않았다. 배가 갈라지고 내장이 삐져나오는 환상을 지나자, 내가 죽은 후 이 집에 벌어질 일들이 펼쳐졌다.

"곧이야. 서른, 1년, 유언장, 먼 곳을 돌아다니는 남자. 그는 손에 피를 묻혔어. 네 증손녀는 눈이 멀었지. 가미카제, 유자차, 흰 알약, 배신. 배신과 불. 그 뒤는 없어. 너도 없고, 이 집도 없고, 네 핏줄도 없어."

수십 년 만에 들은 유타카의 목소리는 저주였다. 나는 그게 저주가 아닌 단지 내뱉음이라는 걸 알았지만 저주라고 받아들일 수밖에 없었다. 그에게 부탁했다. 고통보다 더한 대가도 치를 수 있다고 말했다. 그는 그럴 필요 없다고 했다.

나는 매일 밤 그에게 목소리를 들려달라고 요구했다. 그러면 같은 고통과 같은 환상과 같은 저주가 반복되었다. 나는 갈수록 선명히 보았다. 그것에 기반해 유언장을 바꿨다. 그러고 나니 더

할 수 있는 건 없었다. 내 생명은 긴 터널의 탈출구를 앞두고 있었다.

죽음을 직감한 어느 날이었다. 벼락이 치고 태풍이 지나는 밤이었다. 유타카는 강풍이 부는 정원에 덩그러니 서 있었다. 마치 나를 데리러 온 사자처럼. 그가 가볍게 다가와 내게로 손을 뻗었다. 그의 흰 손가락 위에 내 손끝이 닿았다. 그를 따라 앙상한 다리가 조금씩 나아갔다. 움직이고자 했더니 움직일 수 있었다. 유타카를 따라 들어간 별채는 온통 어둠이었다. 아무도, 그 무엇도 보이지 않았다. 이제 정말 얼마 남지 않았다. 나는 확신이 필요했다. 주변을 한참 두리번거리다 외쳤다.

"목소리를 들려줘."

아무 말이라도, 내가 믿을 수 있는 말을, 내가 끝내 믿고 싶은 말을 하나만 더 해달라고 애원했다. 우주에 내동댕이쳐진 듯 온통 어둠뿐이었다. 나는 대답을 좇아 벽을 두드리다 끝내 별채의 바닥에 귀를 가져다 댔다. 시멘트로 덮어버리지 않았다면 두 사람의 무덤에 시신이 더해졌겠지. 저 밑에서, 유타카의 목소리가 들려왔다.

'이건 약속이야.'

기다리던 순간이었다.

'이 집은 약속이 끝나는 날, 불타 사라질 거야. 네 뇌의 약해진 혈관이 지금 너의 의식을 끊어내듯이. 네 증손녀도 나와 같은 고통을 느낄 거고, 같은 걸 볼 거야. 이후는 그 아이의 선택에 달렸어. 너도 알다시피, 나는 할 수 있는 게 없어.'

몸이 둥실 떠오르듯이 가벼워졌다. 더 이상 차갑지도, 무겁거나 슬프거나 두렵지도 않았다. 미래에서 풍기는 탄내 사이로, 고소하고 부드러운 냄새가 섞였다. 나는 바닥에 엎어져 꼼짝 않는 나를 바라보았다. 어느새 가깝게 다가온 유타카가 둥글게 쥔 손을 내밀었다. 그가 건네는 것을 받아들었다. 그는 희미한 기억 속 얼굴처럼 웃었다.

그것은…… 아주 작고 부드러운 땅콩빵.

땅콩빵이었다.

발문

손님에서 유령으로

김청귤(소설가)

나는 무서운 것, 징그러운 것, 잔인한 것을 좋아하지 않는다. 글자와 글자 사이에 숨어 있는 것이, 우연히 본 장면 하나가, 친구들끼리 모여 수다 떨었던 괴담은 어딘가로 사라지지 않고 수면 아래 잠들어 있기 때문이다. 그것들은 몇 년이라는 시간을 뛰어넘어 어느 순간 불현듯 떠오른다. 게다가 내 상상력을 잡아먹고 존재감을 키운 것이 수면 아래에서 친구를 사귄 건지 물 위로 떠오를 때 다른 것들까지 깨우고야 만다. 한 번 튀어나오면 걷잡을 수 없이 내 머릿속에 있던 무서운 것들이 꼬리에 꼬리를 물고 쫓아 나온다.

그래서 『적산가옥의 유령』을 읽던 중 문자로 이루어진 것들이 머릿속에서 실체화되었을 때 발문을 써달라는 청탁을 거절해야 하나 싶었다. 내가 이 장면을 견딜 수 있을까. 앞으로도 이런 장면들이 나올까.

나 자신을 가늠하고 있을 때 조예은 소설가가 불쑥 나타나 말을 건다. 이다음 전개가 어떻게 될지, 이 인물이 결국 어떤 선택을 할지, 무엇을 말하고자 하는지 궁금하지 않냐고 날카롭지만 섬세하게 묻는다. 유혹한다. 궁금해서 참을 수 없게 만든다.

『적산가옥의 유령』은 '오랜 시간 피와 비명을, 비밀과 불을 머금고' 버티며 살아 있는 집에서 죽은 채로 발견된 외증조모 박준영과 증손녀 현운주의 입을 통해 진행된다. 소설은 적산가옥의 풍경을 묘사하는 것으로 시작해 외증조모에 대한 설명과 외증조모가 한 말들과 소설가인 외증조모가 쓴 소설에 대한 말들이 이어진다. 외증조모가 쓴 소설의 배경은 대부분 '어떤 비밀을 품고 있는 듯 스산한 저택'이고, '늘 비밀의 공간이 등장한다'고 설명한다. 소설은 이런 배경으로 소설을 쓴 외증조모의 일기장을 넌지시 보여준다. 이를 통해 『적산가옥의 유령』이 어떻게 흘러갈지 마음의 준비를 시켜주는 것 같다.

외증조모가 죽는 과정부터 죽음을 맞이하는 자세도, 적산가옥에 온 뒤 운주의 행동도, 일제강점기 시절에 할머니가 적산가옥에서 겪은 일도, 환상인 듯 빙의인 듯 그걸 겪는 운주도 모두 심상치 않다. 조예은 소설가는 시종일관 서늘하고 기이한 분위기로 소설을 이끌어나간다.

손톱 옆에 살짝 일어난 거스러미는 한번 인지하면 쉽사리 신경을 끊을 수 없다. 집에 가면 손톱깎이로 거스러미만 잘라야겠다는 생각을 하면서 손끝으로 하염없이 거스러미를 매만지다 보면 그게 너무 거슬려서 온 신경이 쏠리게 된다. 머릿속에 가득 차서 도무지 다른 생각을 할 수가 없으니 결국 손톱을 세워 잡아당긴다. 피가 나올 걸 뻔히 알면서도.

이 소설이 그렇다. 무슨 일이 일어날 거라는 마음의 준비를 했다고 생각했지만, 외증조모와 증손녀, 과거와 현재를 오가며 나도 모르게 정신없이 빠져들고 말았다. 방심한 사이에 마주친 잔인한 장면이 나오면 그저 문장으로 읽고 흘려버리고 싶어도 머리는 저절로 소설에서 나온 것보다 더 자세하고 선명하게 영상으로 만들어버린다. 붉은 소파와 방바닥에 펼쳐진 물고기의 배와 날카로운 상처들이 뒤죽박죽되어 눈을 감게 된다. 그럼에도 눈을 떠서 보고 싶다. 계속 읽고 싶다. 일제강점기 시절 적산가옥에서 벌어진 일이 무엇인지, 지금의 적산가옥에서 벌어지는 일은 무엇인지 궁금해서 눈을 뜨게 만든다.

조예은의 소설에는 끝까지 읽게 만드는 힘이 있다. 공포심과 기이함 속에서도 빛을 발하는 섬세한 아름다움과 사람을 사람답게 만드는 마음이 그 힘의 근원인 것 같다. 이게 바로 조예은 소설가의 색채라고 생각한다.

소설을 끝까지 읽고 다시 처음부터 읽었을 때는 머리에 느낌표가 뜬 것 같았다. 외증조모의 일기가 정말 마음의 준비에 도움이 됐다는 걸 새삼 느꼈다. 외증조모가 어떤 마음으로 일기를 썼을지 조금이나마 짐작할 수 있게 되었다. 문장에 어떤 의미가 담겨 있는지, 과거와 현재를 오가며 곱씹고 감탄하게 된다.

이 소설을 처음 읽기 시작할 때는 적산가옥에 초대받은 손님이었고, 읽는 중에는 적산가옥에 갇혀 출구를 찾는 도망자였으며, 다 읽은 후에는 적산가옥의 일부에 영원히 귀속되는 적산가옥의 유령이 되고 말았다.

초록이 무성한 날, 유난히 진한 그림자 아래 있으면 문득 『적산가옥의 유령』이 떠오를지도 모르겠다.

작가의 말

내가 졸업한 여자고등학교 앞에는 폐가가 많았다. 한때 집이었다는 게 믿기지 않을 만큼 온갖 덩굴과 잡초에 잡아먹힌 폐가부터 집주인이 나간 지 1년이 채 되지 않은 신선한 폐가까지. 폐가 다음으로 많은 건 무당집이었다. 야간자율학습이 싫어 편의점으로 도망치다 보면 방울 소리가 자주 들렸다. 방울 소리와 미니스톱, 롯데리아, 그리고 오래된 빵집을 지나면 바다가 나왔다. 여고생들은 비린내를 머금은 음습함을 간식처럼 먹고 자랐다. 그래서인지 폭우가 쏟아지는 여름날에는 불시에 무서운 이야기가 시작되곤

했다. 무당집과 폐가가 밀집된 쇠퇴한 골목은 지루한 수험생들의 상상력을 자극하기 충분했을 것이다. 다시는 돌아오지 않을 그때를 요즘 들어 자주 떠올린다.

학교 창밖으로 보이는 폐가 한 채는 내가 고등학생이 될 때까지만 해도 사람이 살았다. 2학년이 되었을 때 집이 비었고 1년이 채 되지 않는 사이에 완전히 폐가가 되었다. 담장이 높고 오래된 집이라 친구들은 그 집에 사는 사람에 관한 기괴한 이야기를 지어내며 놀았다. 한번은 반 친구들과 폐가에 몰래 들어갔다. 밤이었다. 부서지고 깨진 집은 안과 밖이 구별되지 않았다. 정원은 정글처럼 무성했고 발끝에 정체 모를 자재가 채였다. 너무 고요해서 우리는 서로의 발소리에 어깨를 떨었다. 그러다 별것도 아닌 이유로 비명을 지르며 도망쳤다. 그 순간만큼은 즐거웠다.

나는 사람이 떠난 지 고작 1년 사이에 집이 그렇게 상할 수 있다는 사실이 신기했다. 그 목조 건물은 인공호흡기로 연명하던 사람이 끝내 죽음을 맞이하듯 단번에 폭삭 무너져 내릴 것 같았다. 다행히 그런 일은 벌어지지 않았다. 아직까지 잘 보존되어 관광객을 끌어들이는 어엿한 문화재가 되었다. 군산시 신흥동에 위치한 국가등록유산, 히로쓰가옥이다. 나는 그 집의 짧은 암흑기를 잠시나마 구경한 셈이다.

이 소설을 쓰면서 전국 곳곳의 적산가옥을 조사했다. 첫 모티브는 히로쓰가옥에서 얻었지만, 소설 속 붉은담장집의 묘사와 완전히 일치하지는 않는다.

소설은 그럴듯한 거짓말을 정성 들여 지어내는 작업이다. 이야기는 책이라는 물성으로 존재함과 동시에 여전히 존재하지 않는다. 작가는 어느 날은 신이 된 것 같다가도 어느 날은 종이와 전력만 낭비하는 쓰레기가 된 기분을 오간다. 확실한 것 없이 어떤 경계에 머문다는 점에서 폐가와 소설 사이에는 공통점이 있는 것 같다. 순전히 지나가는 잡생각이다.

하지만 경계의 모호함은 내가 환상의 소재를 좋아하는 이유이기도 한다. 그중에서도 호러, 유령 이야기에 심장이 뛰는 건 아무래도 죽은 자가 산 자에게 영향을 끼칠 수 있는 유일한 장르이기 때문인 것 같다. 그들의 삶과 마무리 짓지 못한 감정은 과거로 뭉뚱그려지지 않고 현재를 침범한다. 비열하고 희미하게라도 존재감을 드러낸다. 산 자가 죽은 자의 삶을 대신 이야기해주는 것과는 다르다. 그건 타인의 눈으로 추측하는 것에 불과하다. 오직 호러만이 죽은 자가 죽은 입으로 자신의 소리를 낸다. 그 장르 안에서 상식은 쓸모없다. 실체 없는 유령들에게 경계란 무의미하니까. 그들은 육체가 사라졌어도 집요하게 남아 말을 건다.

나는 그 지독함과 애달픔이 좋다.

고작 내가 타인을 두려움에 떨게 만들 수 있는 건 글이 유일할 테다. 그것도 실제로는 해를 가하지 않는, 상상이라는 아주 온화한 방식으로 공포심을 줄 수 있다. 이번 작품을 쓰면서 처음으로 '무서우면 좋겠다'라고 생각했다. 앞으로 더, 더 무서운 이야기를 써야지. 누군가에겐 무섭고 누군가에겐 애틋한 이야기를. 어느 쪽에도 속하지 못하는 경계의 주인공들에게 갈 수 없는 곳까지 가보라고 다그치고 싶다. 그래서, 그들이 끝내 어딘가에 도달하는 걸 보고 싶다.

책이 나오기까지 힘써주신 분들, 그리고 매번 읽어주시는 모든 분께 감사드린다. 몇 번을 말해도 부족하기만 하다.

유독 길고 덥다는 이번 여름을 함께 무사히 나기를. 마음을 담아.

적산가옥의 유령

지은이 조예은
펴낸이 김영정

초판 1쇄 펴낸날 2024년 6월 25일
초판 4쇄 펴낸날 2024년 12월 31일

펴낸곳 (주) 현대문학
등록번호 제1-452호
주소 06532 서울시 서초구 신반포로 321(잠원동, 미래엔)
전화 02-2017-0280
팩스 02-516-5433
홈페이지 www.hdmh.co.kr

ISBN 979-11-6790-258-0 04810
979-11-6790-220-7 (세트)

* 책값은 뒤표지에 있습니다.